孤独な子ドクター《こどくなこどくたー》

月村易人
Yasuto Tsukimura

幻冬舎
MC

装画：赤倉綾香（ソクラモ制作室）

プロローグ……5
頑張らなくちゃ……9
手術室は戦場……18
病棟業務……31
外科医を目指したきっかけ……43
初執刀……58
手術は楽しい……69
苦手なこと……82
夏休み……103
アッペ①……119
アッペ②……140
手術が好きなだけで外科医になってはいけない……159
逃げるのか?……169
アッペ③……181
葛藤の末……205
エピローグ……215

プロローグ

僕は、医師3年目の外科医である。

医学部を卒業して医師国家試験に合格すると、医師免許がもらえて医者になることができる。とはいえ、本当の意味で「医師」になれるのはまだ先の話だ。

医者になって最初の2年は「初期研修」といって内科や外科、小児科などさまざまな科をローテーションしながら全般の知識を学ぶ。この最初の2年が、いわゆる「研修医」と呼ばれる期間である。

初期研修後、専攻する科を決定する。専門科に進んでから3年間、つまり医師3〜5年目は「専攻医」（後期研修）と呼ばれる期間だ。「研修医」という肩書きこそ外れるが、専攻医も、まだまだ研修の身である。

僕は医師3年目ではあるけれど、研修医の2年が含まれるため、外科医としてはまだ1年目。何科を選ぶかは本人の自由だが僕の場合、大きな志を持って外科医を選んだわけではなく、ただなんとなく外科を選んだだけの初期研修上がりの医師である。

「なんとなく選んだ外科医」。表向きはそう答えているけれど、実は「僕は手術が好きだ」。だから、外科医を選んだ。「手術が好き」と言うと、不謹慎な気がして大きな声では言えないけど。

ちなみに、一言で「外科」といっても、外科系には、消化器外科、心臓血管外科、呼吸器外科、乳腺外科、脳神経外科、整形外科、形成外科、産婦人科、泌尿器科、眼科、皮膚科などが含まれる。大病院では各科が明確に分かれているが、外科といえば一般的には、「消化器外科」を指す。

しかし、中小病院では外科は消化器外科をメインにしながら、外傷や骨折などの整形外科領域を診たり、乳腺外科の手術をしたりと、一般外科としての役割を担うことも少なくない。そのため、中小病院における「消化器外科」は単に「外科」と呼ばれ、一般外科という意味合いを持つことが多い。僕は消化器外科の医師である。

僕がこの4月から赴任する東国《とうごく》病院は都内でも有数の大病院で、特に外科で名を馳せている。東国病院には外科医だけで20人以上も在籍している。初期研修を行った地元の石山病院には外科医は8人しかいなかった。

東国病院は最寄りの駅から徒歩5分のところにある病床数（ベッドの数）1000床を超える大病院である。周辺には高級スーパーや百貨店、有名私立小学校があり、見るからに階層の高い人たちが生活している。歩いているとベビーカーを押している若い女性をたくさん見かけるが、みんな表情に知性があり、どこか誇らしげだ。

田舎育ちの僕にとってこの街での新生活は、希望に満ちていた。これから僕は、大都会で暮らして、大病院に勤める。美人の奥さんをもらうところまで想像できた。

新居は病院から徒歩10分の場所にある新築のワンルームマンションで家賃は16万円。安くはない上にかなり狭いが、市街地にあり、なんといっても新築であることが気に入った。

「きれいなマンションね」

「街並みもきれいだな」

入居日には、両親が朝から引っ越しの手伝いに来てくれた。

「やっぱり新築はいいよね」

僕はまだ何もない部屋を見渡しながら言った。

「ここからの見晴らしもいいぞ」

父がベランダに出るなり言った。

マンションは13階建てで僕の部屋は9階だ。周囲には大きな建物もあるが、丘の上に建っているため見晴らしも良かった。

「こんなに都会で悠はうまく暮らしていけるのかしら」

「大丈夫。住めば都だから」

引っ越し業者が荷物を運んでくるのを待っている間、ゆったりとした時間が流れる。

「ふう、終わった」

引っ越しはあっという間に終わった。何しろ部屋が狭いことは分かっていたため、大きい荷物はベッドとテレビくらいで、そのほかの家具はほとんど持ってこなかった。

「よし、じゃあランチに行こうか」

希望に満ちた消化器外科医としての日々が始まる。ここで僕は一人前の外科医になるんだ。

頑張らなくちゃ

初出勤日の朝を迎えた。少し早めに目覚めた僕は、昨日のうちにコンビニで買っておいたパンを野菜ジュースで流し込みながら、テレビを眺める。新年度の始まりということで、テレビの中で話すアナウンサーもどこか気合いが入っているように見えた。

食事は終えたけど、家を出るにはまだ少し早い。早くその時がきて欲しいような、まだきて欲しくないような、相対する感情をかき消すように閑散としたワンルームを行ったり来たりした。

荷物を持って家を出てエレベーターに乗ると、（いよいよ始まるんだな）という実感が湧いてきた。１階まで降りる途中、スーツを着た若者が何人か乗り込んで来た。みんな硬い表情をしている。このマンションは新築だ。おそらくほとんどの人が今日が社会人としての仕事初めなのだろう。

病院に到着すると、守衛の中年男性に声をかけ、医局まで案内してもらう。数年前に建て替えられたというこの棟は15階まであり、ワンフロアも広い。慣れるまでには時間がかかりそうだ。

医局の座席は、ここからここは外科、ここからここは内科、というように科ごとにまとまって配置されていた。外科の医師の座席が集まっているところまで案内されると、まっさらな席があり、そこには山川医師と書いた紙が置かれている。ここが僕の席のようだ。両脇の机を見ると、外科の専門書がびっしりと並んでおり、机の上は書類で溢れ返っていた。

(みんな、忙しいんだろうな)

そんなことを思いながら自分の机に荷物を置いて、回転式の椅子に座って高さを微調整する。

「新しい専攻医の先生かな」

突然の声に背筋が伸びる。

「はい、そうです」

「外科の田所です。よろしくね」

「山川悠と申します。よろしくお願いします」

僕の隣の席は、田所先生という10年目の医師だった。とても爽やかで穏やかそうな先生だ。

「初めまして、今日からお世話になります専攻医1年目の東《あずま》です」

直後に背後から女性の声がする。振り返ると、僕と同じくスーツ姿でたくさんの荷物を抱えた女性が歩いて来た。

「おお、君が東さんか。聞いているよ。よろしくね」

確か消化器外科にもう1人赴任することになっていて、名前は東さんだった気がする。この子が同期になるのか。それにしてもなぜ田所先生は東さんを知っているのだろう。話題の子なのかな。

「ところで、2人は初対面なの」

「はい」

「はい」

僕と東さんはほとんど同時に答えた。

「同期は貴重だから大切にしないといけないよ。協力して頑張ってね」

外科医は、3K（危険、きつい、汚い……）と言われ、なり手が少なくなってきている。だからこそ、外科医、しかも同じ消化器外科の同期は貴重なのだろう。

「よろしくね」

「うん、よろしく」

同期とは仲良くしたい。だけど、ライバル同士。こいつには負けられない。一瞬、そんなピリッとした空気が流れたような気がした。

「専攻医1年目の山川悠です。石山病院で2年間の初期研修を終え、外科を学ぶために東国《とうごく》病院に来ました。よろしくお願いします」

人前で話すのが苦手な僕は、最低限の挨拶をなんとか済ませた。

「同じく専攻医1年目の東です。私は手術、抗癌剤など癌の治療全般に興味がありま す。最先端の医療を学びたいと思い、東国病院での研修を希望しました。ここで研修できることを光栄に思います。至らぬこともあるかと思いますが、全力でやってまいりますのでよろしくお願いします」

一方で、同期の東さんは堂々としている。東さんは僕も聞いたことのある関西の有名病院で初期研修を過ごした超エリートだった。最初の挨拶だけでとんでもなく差があるように感じてしまう。

この日は、病院のオリエンテーションがあり、カルテの使い方や施設案内が行われた。オリエンテーションには僕と同じように今年度から専攻医として研修に来た十数人の同期が集まった。

「おれは泌尿器科の専攻医なんだ。よろしく」

「僕は消化器外科。こちらこそよろしく」

泌尿器科の早坂はその1人で、高校時代に野球部に所属していたという共通点があり、そのおかげかどうかは分からないが、僕たちはすぐに打ち解けられた。

「僕、東京に出てきたばかりで知り合いもいないんだ。だから仲良くなれそうな同期がいて心強いよ」

「おれも同じようなものだよ。ぜひ仲良くしてくれよな。ちょくちょく飲みに行こう」

こうして幸先よく同期の友だちができた。

オリエンテーションは午前中に終わり、僕たちは病院の職員食堂で昼食をとることにした。

「広いなあ」

「うん、けど結構席は埋まっているね」

社員食堂はざっと200席はあるが、ほとんど埋まっている。正午の一番混む時間帯とはいえ、これだけの席が埋まってしまうのかと、改めて病院の規模の大きさを実感する。

メニューも充実していて、日替わりのA定食、B定食、C定食のほか、スペシャルメニューやうどん、カレーライス、ラーメンなどひと通り揃っている。値段も定食が300円~500円とかなりリーズナブルだ。

石山病院には食堂がなかったため、宅配弁当だった。宅配弁当は毎日食べているとメニューが違っても同じ味に感じてしまい、食べるのが辛くなってくる。その結果、僕は去年の秋頃からは昼食を抜くようになってしまった。病院に食堂があると聞いてワクワクしていたが、さらにこの充実ぶりは嬉しい。

「早坂はどうして泌尿器科を選んだの」

「手術もあるし、内科的な管理もあるし、泌尿器科医にしかできないことも結構あるから、やりがいがあるかなと思って。山川はなんで消化器外科なの」

「なんとなくかな」

「なんだよ、それ」

やはり「手術が好きだから」とは言えなかった。

定食を食べながらたわいもない話をする。今日会ったばかりとは思えないほど、早坂と話すのは気楽だった。向こうもそう感じていたのではないだろうか。

「じゃあ、また」

早坂は早速午後から仕事があるようで、昼食を終えると食堂を後にした。

僕は、外科の手術を見学することにした。更衣室で着替えて、手術の進捗状況を示すボードを見ると、胃癌、肝臓癌の手術が行われている最中であり、大腸癌の手術がこれから行われるところだった。つまり、外科の手術だけで3つの手術室が同時に使われることになる。これを業界用語では「横3列」という。しかも、胃癌は今の手術が終わると、入れ替えでもう1件予定されている。これは「縦2列」という。石山病院では癌の手術は1日に1件あるかないかで、横2列だとしても癌のような大手術が2室で同時に行われることはなかった。やはり東国病院はスケールが違う。

とりあえず僕は、これから行われる大腸癌の手術を見学することにした。

手術室だけで20部屋以上あり、迷路のようになっている。目的の部屋にたどり着くだけでもひと苦労だった。

ようやく部屋にたどり着き、のぞき窓から部屋の中を確認する。

「よし、入ろう」

意を決してドアのフットスイッチを踏み、手術室内に足を踏み入れる。

手術室には独特の緊張感がある。空間ができ上がっているため、途中から入るのは勇気がいる。ドアを開くと必然的に視線が一瞬こちらに集まる。経験上、手術している側は途中で入室する人がいても集中力が途切れることはないためあまり気にならない。それを分かってはいても、途中入室する時は空気を乱してしまうような気がして気を遣う。

ドアが開くと、想像していた通り、室内の視線が僕に集まった。しかし、予想に反してみんなの視線がなかなか逸れない。慌てて僕は挨拶をした。

「外科専攻医の山川です。時間が空いたので手術を見にきました」

「ああ、山川先生か。よろしくね」

「新しく来た外科の先生ね」

手術室では、マスクと帽子を着用している。今日、顔を披露したばかりの僕は目元だけでは認識されなかったのである。手術室の看護師さんに至っては初対面なので認識されなくて当然だ。少し恥ずかしい思いをしたが、入ってしまえば大丈夫。みんなマスクに帽子と同じ格好をしているため、すぐに空気に馴染めるのもまた手術室の特徴だ。

「せっかく来てくれたし、手術に入ってみる？」

大腸分野の部長である西田先生に声をかけられた。

「え、いいんですか」

「うん、早く手を洗ってきて」

僕は手術が好きだ。だから外科医になった。

手術は手をきれいに洗うことから始まる。専用の洗剤で手を洗って、水分を拭き取り、アルコール消毒をする。手術において、滅菌されていない人間の手や部屋の壁、手術着など、あらゆるものを全て不潔と考える。滅菌された清潔なガウンを、おもて面に触らないように気をつけながら清潔に受け取る。どこにもぶつからないように腕を通す。背中側にある紐を看護師さんに結んでもらう。これでお腹側は誰の手にも触れていない清潔な状態を保てる。

清潔さだけでなく、手術には美しさも求められる。血が滲まない美しい術野《じゅつや》、無駄のない運針《うんしん》、正確な糸捌《さば》き、美しい姿勢。

「ここをこうすれば、術野がよく見えるんだよ」

「この指を使えば動作の無駄が少なくなる」

「先にこっちから切れば、次の操作がきれいにできる」

いかに無駄をなくしてきれいに手術することができるか。

執刀医は常にこれをテーマに手術に臨んでいる。助手はそのために手や器具を使って術野が執刀医に見えやすいように展開したり執刀医の相談相手となったりする。

石山病院の外科でも同じように教わったが、実は初めはこの考え方にすごく抵抗があった。外科医は手術がメインの仕事であり、医師同士で技を競うようなところがある。それに対して僕は、医療は芸術ではないと反発する気持ちを持っていた。

しかし、石山病院で研修するうちに、芸術性の追求が手術を早く正確なものにし、それが手術時間の短縮、ひいては患者さんの体への負担を軽減する結果に繋がることを知った。外科に限らず医療には答えがないことも多く、当初は現場と自分の考えの違いに途方にくれたこともあったけど、その芸術性の追求は、むしろ一筋の光になった。

「山川君は、普段から日記をつける習慣ある？」

「いえ」

手術が終わったあと、西田先生に質問され、僕は首を横に振った。

「つけたほうが良いよ。僕は40歳くらいまで毎日つけていたよ」

「そうなんですね。分かりました」

みんなそうやって努力しているんだ。そう思った僕は、この日から毎日ノートをとることにした。

手術室は戦場

東国《とうごく》病院の外科では、毎日5件程度の手術が行われている。1人の医師が受け持つ手術は1日に1、2件である。

病院の始業は8時30分で、朝一番の手術は9時入室だ。9時入室というのは患者さんが手術室に入るのが9時ということである。そのため、僕ら外科医はその前に手術室に到着する必要がある。

病棟では8時30分の始業開始とともに申し送りが行われ、患者さん1人1人の1日の予定や注意事項を丁寧に確認する。その後、朝一番で手術を受ける患者さんを手術室まで送る。

手術室でも始業開始とともにその日の手術予定を確認し、注意事項やスタッフの動き方などを確認する。その後、手術室の準備を整え、9時入室の患者さんの受け入れ態勢を整える。

病棟担当にとっても手術室担当にとっても、8時30分から9時までの30分間は一刻を争う戦いである。

手術前の患者さんは、どんなに簡単な手術であっても緊張している。外科医にとって手術は日常茶飯事で特別なことではないけど、患者さんにとっては一生に一度あるかないかの一大事であり、人生最大の分岐点になる可能性もある。不安な気持ちを抱えて入室してくる患者さんにとって、入室時に担当医がいるのといないのとでは安心感が全く違う。だからこそ、手術室に入った時に、すでに患者さんが入室していると、本当に申し訳ない気持ちでいっぱいになる。次はなんとしてでも間に合わせようと思う。

しかし、現実はそう簡単にはいかない。朝は僕も忙しい。始業時間は医師も看護師やその他の医療職と同じ8時30分なのだが、外科では毎日8時から30分程度のカンファレンスがある。外科医は手術が始まると手術が終わるまで病棟患者さんを診に行くことはできない。手術は朝から夕方まで行われることがほとんどであるため、日中に病棟看護師に必要な検査や処置などの指示を出すためには、9時の入室までに受け持ちの患者さんをひと通り診察し検査結果を見て状態を評価しておかなければいけない。そのため、僕は7時前には病院に出勤して回診を始め、カンファレンスまでに、ある程度診察とカルテ記載を終え、カンファレンス後に残りの患者さんを回診してカルテを書き上げる。

担当患者さん全員が経過良好で何の問題もなければ9時の入室に間に合うのだが、状態の変化や創（傷）の感染など有事の時の対処に手間取ることもある。僕はまだ自分で対応できないことも多く、その場合は主治医を捕まえて相談するなり対応をお願いするなりしなければならない。そうこうしているとあっという間に9時を過ぎる。

そのため、9時の入室に遅れることもしばしばだが、病棟担当の看護師、手術室担当の看護師、麻酔科医など、スタッフ全員が必死で間に合わせた9時入室である。もっとも重要な手術を担う立場であり主治医である外科医が遅れることは許されない。遅れて入ると白い目で見られ、ベテラン看護師が担当する手術ならば厳しく注意されることもある。そのことが後から入って来た上級医に知られれば、「先に手術室に入って患者さんを迎えるのがお前の仕事だろう」とまた叱られる、辛い立場だ。

ピッチの表示は、8時59分。

（今日はギリギリ間に合った）

胸をなでおろしながら、手術着に着替え終えた僕は更衣室を出て手術室に向かう。

手術がどこの部屋で行われるのか確認していると電話が鳴った。

「先生、患者さんが入室しています。早く来てください」

看護師さんが責めるような口調で言う。

「はい、すぐに行きます。何番の部屋ですか?」

「10番です」

そう言うと、電話はブチっと切られた。

(まだ、1分あるはずなのに)

そう思いながら急いで手術室に駆け込む。

「遅くなってすみません」

「では、麻酔前タイムアウトを行います」

「よろしくお願いします」

結局、今日は間に合わなかったが、本来は手術に入る外科医の中で一番下の者が、患者さんが入室する前に手術室に入って準備を手伝い、タイムアウトを行う。つまり、一番下っ端の僕は自動的に全ての手術でこの仕事を担うことになる。タイムアウトとは、手術や麻酔などの直前に行われるもので、患者さんの氏名や術式、麻酔法などを、その場のスタッフ全員で共有し、患者の取り違えなどのミスを防止するための確認作業である。

麻酔前タイムアウトを終え、患者さんに全身麻酔がかかると、体位変換チェックや術野《じゅつや》の消毒などを行い、手術の準備を進める。また、手術中患者さんは長時間同じ体勢となるため、褥瘡《じょくそう》（床ずれ）ができないようにクッションを置いて、術中に手術台を傾けてもずり落ちないように固定する。

「突っ立っていないで手伝えよ」

「すみません、代わります」

そう言って上級医と代わろうとすると、今度は「これはおれがやっているからいらないだろ。ほかのことをやれよ」と言われる。

僕たち専攻医はここでも率先して準備をしなければいけないのだが、この時すでに外科医は僕を含めて3人揃っているため人手は十分にある。気を抜いているとすぐに仕事を取られてしまい、やることがなくなってしまう。全員が何かしらの仕事をしている慌ただしいこの空間において、下っ端の自分が手持ち無沙汰であることが一番辛い。しかし、まだまだ慣れていない僕は次にすべきことが分からず、その状況に陥ってしまうことも多い。

「では、手洗いに行ってきます」

準備が整うと、僕たちは手術室の廊下にある手洗い場に向かう。

普段の手洗いとは違い、専用の洗剤で指先から肘上までを入念に洗う。洗ったら水滴をきれいに拭き取って、アルコール消毒をする。こうして自分の前腕を滅菌状態にする。

「この患者さんは、皮下脂肪が多いから、苦労するかもな」

「CTで見る限り、血管は素直な走行だと思うんですけどね」

「開腹手術歴もあったよね」

「はい。帝王切開を2回、経験しています」

「じゃあ、お腹の中が癒着しているかもね。そういえば今度の学会発表の準備は進んでる？」

「情報はある程度集まったのですが、なかなかうまくまとまらなくて」

「そうか。今週、もう一度見せてくれる？」

「分かりました」

手洗いの時間に、軽い会話が交わされることが多い。これからの手術に関する専門的なこともあれば、世間話などの雑談であることも多い。僕は血管の走行も学会のこともよく分かっていないため、手洗い中の会話には大概入れない。仕事がないのが辛いのと同様、会話に入れないのも辛い。その場に存在しているのに、無視されているように感じてしまう。仕方なく自分の手をきれいにすることに専念する。

手洗い、消毒を終えると手を胸の前に上げたままガウンを渡されるのを待つ。この時、指先が上を向くようにするのは、水滴が腕を伝って指先に流れてこないようにするためだ。最前線で働く指先はもっとも清潔に保たなければいけない。

「ガウンのサイズはどうしましょう」

「Lサイズでお願いします」

東国病院規模になるとガウンを着させてくれる看護助手さんがいる。一般的な病院では、看護師がいろんなことをやりながら、それだけ手術がたくさん行われているということだ。

ガウンを受け取ると、おもて面を触らないように注意しながら腕を通す。あとは後ろの紐を助手さんに結んでもらうだけだ。

「手袋をお願いします」

最後に手袋をはめて装備が完成する。

これでガウンに覆われた胴体と手袋に覆われた腕は清潔扱いとなり、頭や足、背中は不潔扱いとなる。ガウンと手袋で覆われた部分も、誤って壁や人などに触れてしまうと不潔扱いとなり、もう一度手洗いからやり直しとなる。装備が完成したら、器具やオイフ（手術中に患者の体全体を覆うカバー）など滅菌されたもの以外に触れてはいけない。もちろん自分の汗を拭ったりすることも厳禁だ。

ガウンに着替えるといよいよ手術が始まる。

「オイフ」

外科で使用するオイフは、手術する部分だけが露出するようにできている。手術で扱う部分は消毒しているため清潔であり、その周りをやはり清潔なオイフで覆うことで、手術に入る外科医および看護師は手術中にそれらに触れても不潔にならずに済む。こうして術野の汚染を予防する。

「ライトハンドル」

「電気メスのコード」

「吸引チューブ」

清潔な装備に注意を払ったら、今度は手術器具の配置である。手術をスムーズに進めるために、とても重要な作業だ。消化器外科において今は「腹腔鏡手術」が主流である。電気メス、送水チューブ、吸引チューブ、カメラ、凝固切開装置、気腹チューブ……。腹腔鏡手術では使用する器具が多いため、手術がしやすいように器具を配置しなければならない。

「それは後」

「これがここにあったら邪魔になるんだよ」

僕も手伝おうとするが、なかなかうまくいかない。

「これはおれがやっているんだから別のことをやって」

とりあえず何か手伝おうとするが、結局邪魔になる。かといって、ほかに何をすべきか分からない。やはりここでも難民になってしまう。

「ぼーっと立っているだけだったら清潔になっている意味がないよ」

「はい、すみません」

そう言われても仕事が見つかるわけではなく、結局どうしていいか分からず、整っていく術野をただ黙って眺める。

ああ、早く覚えないといけないな。

手術がしたくて外科医になったが、それ以前に手術に入る前の準備ができなければいけない。今の僕は、上の先生に「こいつに手術をさせてみよう」と思ってもらえるようなレベルではないのだ。

「コッヘル」

「電気メス」

「筋鈎《きんこう》」

「次、針糸もらうよ」

「ガーゼちょうだい」

「カメラポート」

ポートとは腹腔鏡手術で使う鉗子《かんし》や腹腔鏡カメラをお腹の中に入れて操作するための筒である。お臍を2㎝ほど切開し、腹腔鏡カメラ用のポートを入れる穴を確保する。ほとんど流れ作業で進んでいく。僕も手順を頭に入れようと必死でついていく。

「気腹お願いします」

まずはカメラポートに気腹チューブを繋いでお腹を膨らませて空間を作る。そして、気腹チューブを腹腔鏡カメラに換えて、お腹の中の様子を観察する。手術がしやすいようにポート配置を決めてポートを入れていく。これらのポートから鉗子を入れて、手術を行う。

術式にもよるが、基本的に腹腔鏡手術は執刀医、第一助手、スコピストの3人の外科医によって行われる。執刀医はいうまでもなく、手術をする医師である。第一助手は執刀医のさらに上級医が担当することが多く、手術をサポートし、時に先導する。一番下っ端はスコピスト、僕の担当だが、カメラ持ちだ。

「カメラをもう少し近づけて」

僕は言われるがままにカメラを動かす。しかし、言われた通りに動けばいいというものではない。

「もう少し右側を見せて」

執刀医が次にどこを見たいのかを予想しながらカメラを動かさなければいけない。

「天地が違う。もう少し反時計回りに回して」

天地とは上と下のことであるが、腹腔鏡カメラでは拡大して見ているため、上下が分からなくなることがよくある。そのため、慣れないうちは特にこの言葉は術中に何度も言われる。

手術中は延々と文句を言われ続ける。手術の進行についていけず、カメラワークも下手な僕が悪いのだが、数時間の手術の間ひっきりなしに文句を言われ続けると、さすがに気が滅入る。いつも手術が終わった頃には僕のメンタルはボロボロだった。

1件目の手術が終わったら、次の手術までの休憩の間、隣の部屋で行われている手術を見学する。僕はできるだけ手術をたくさん見て目を慣らすようにしていた。

しかし、知識、経験ともに未熟な僕は、最初から手術に入っていても、途中から何をしているのか分からなくなることが多かった。当然、途中から見ても余計に分からないのだが、手術をたくさん見ることで何かきっかけを掴みたかった。

それに僕は純粋に手術を見るのが好きだった。助手が場をうまく展開し、スコピストが程よい距離感で対象物をカメラの真ん中に捉え、執刀医がきれいに切っていく。お腹の中はミルフィーユのように膜が折り重なっており、手術ではそれらの膜を意識する。膜同士の間にうまく入れば、血管も神経もないあぶくの層が見えて、電気メスを当てるだけで簡単に剥がれていく。正しい層を見つけてきれいに剥がしていく様子は、見ていてとても気持ちが良かった。上の先生の手術を見るたびに僕もいつかこんな手術がしたいなと、うっとりした気持ちになった。

「次の手術の患者さんは14時頃に入室予定ですが、大丈夫ですか?」

手術室の看護師さんから電話がかかってくる。

2件目の手術が始まると再び戦場に引き戻される。見るのと同じくらい手術に入るのも好きだったが、手術室は戦場である。うっとりしている場合ではない。必死に食らいついて自分のやるべきことを見つけなければ生きていけない。

「ぼーっと見てないで手伝って」

「手を動かさないと手術に入っている意味がないよ」

手術中はとにかく「手を動かせ」と言われる。特に開腹手術では両手を使って場を展開しなければならないため、何をすべきか分かっていないことがより明白になる。

「左手が空いているよ。両手を使わないと」

「はい」

手を動かして手術に参加しなければいけない。手を動かさないといくら手術に入ってもうまくならない。分かってはいてもなかなか手が動かない。手術中の緊迫した雰囲気の中で術野に手を出すのは勇気がいる。ましてや僕はまだ何をすればいいのか分かっておらず全てが手探りである。助手の動き方は教科書にも載っていない。

「そこに手があると邪魔だからどけて」

「今はこれでいけているんだから動かすな」

苦しまぎれの一手を出して失敗すると、一刀両断される。そしてさらに次の一手が出にくくなる。

「ほら、また手が止まっている」

「おい、今切るところが見えていたのに見えなくなったじゃん」

どうすればいいのだろう。

腹腔鏡手術の際も同様である。

「ただのビデオ係じゃないんだから、執刀医の気持ちになって、カメラを拡大したり行き先を見せたりしないと」

しかし、良かれと思って動かすと、「お前は執刀医か？　動かして欲しい時には言うからじっとしといて」と言われる。

開腹手術でも腹腔鏡手術でも言われることは同じだ。手が動いていなければ「手を動かせ」と言われ、手を動かせば「動くな」と言われる。

「大丈夫。若い時はおれたちも怒られた。外科医は若いうちはとにかく怒られる。何をやっても怒られるものなんだ。どっちにしても怒られるんだから、手を出して怒られたほうがいいんだよ」

ある先生が笑いながらそう言った。

確かにそうだ。どうせなら何もせずに怒られるより、何かに挑戦して怒られたほうが絶対に得だ。

それ以来、手術中は怒られてもいいから勇気を持って動くことを念頭に置いている。しかし、動くのは意外と難しい。心がけるだけでできるようなことではない。

病棟業務

外科医の仕事は手術だけではない。手術があれば術前術後の患者さんがいるわけで、手術前後に責任を持つのが外科医の使命である。

緊急などの場合を除いて、患者さんは手術の数日前から前日に入院する。僕はまだ外来を担当していないため、患者さんが入院してきた日に初顔合わせとなる。

「失礼します」

病室のドアをノックして中に入る。

どんな人なんだろう。

初対面の瞬間はいつも緊張する。患者さんについての基本的な情報は事前にカルテで確認している。年齢、性別、仕事、家族構成、身長、体重、手術に至った経緯などあらゆる情報を集めて、その患者さんの人物像をイメージする。しかし、人となりは実際に会って話してみないと分からない。

「初めまして、外科の山川です。入院中、担当させていただきますのでよろしくお願いします」

「よろしくお願いします」

「明日が手術ですね。体調はいかがですか」

「特に変わりないです」

「それは良かったです」

ここまではお決まりの会話である。この最初の会話で表情や口調を観察して、患者さんのキャラクターを見極める。品のある人、神経質な人、病院嫌いな人、お喋り好きな人など、なんとなくキャラが浮かび上がってくる。

キャラクターはさまざまだが、全ての患者さんに共通していることがある。それは不安を抱えているということだ。不安を全面に出す人も、強がっている人も、平静を装っている人も、多かれ少なかれ不安を抱えている。これから何らかの治療をする、しかも治るかどうかわからないのだから不安になるに決まっている。

僕はこの不安を少しでも和らげようと次の言葉を繰り出す。

「お孫さんですか？」

病室に置かれていた写真を見て尋ねる。

「そうです。来年の4月に小学校に上がるんです」

「元気になって入学式に行けたらいいですね」

「間に合うかな？」

「きっと大丈夫ですよ。こうして座っている姿勢もすごくいいし、乗り切れる体力は十分にありますよ」

「最近、ヨガ教室に通い始めたの」

「それで姿勢がいいんですね」

患者さんの所持品や立ち振る舞いなど細かいところまで見逃さないように心がける。ちょっとしたことが会話のきっかけになり、患者さんとの距離が一気に縮まることもある。人と関わる上で相手を知ることはとても重要だ。

「先生は何年目？」

「3年目です」

「まだ医者になりたてか」

患者さんの中には、若い医者が担当医ということで不安や不満を持つ方もいる。これは仕方がないことである。僕も逆の立場だったらたぶんそう思う。

ただ、そんな中で少しでも僕が担当で良かったと思ってもらえるように、患者さんには丁寧に接するよう心がける。

「分からないことも多いですが、聞いていただければなんでも調べてお答えします」

「麻酔って痛い？　途中で起きちゃったりしない？」

「麻酔がきいてくると、知らないうちに眠ってしまうので痛くないと思いますよ。途中で麻酔から覚めてしまった人も見たことがないので大丈夫です」

「良かった。こんなこと先生には聞けなくて」

「僕も先生なんですけど」

丁寧に接していると患者さんも心を開いてくれて、本音が聞けたり冗談が出たりすることもある。そんなやりとりをしている時、僕は密かにやりがいを感じる。

「ある程度威厳を持って接しないと舐められる。舐められたら何を言っても聞いてくれない。舐められたら終わりなんだ。気をつけろよ」

以前ある先生にこう言われたことがある。

確かに一理あるのかもしれない。実際にある医師がクレームをつけられてトラブルになったり、担当を降ろされたりすることもある。特に僕は自分ではそんなつもりはなくても上の先生から「おどおどするな」と言われることがあり、リスクが高い。しかし、僕は自分のスタイルを崩すつもりはない。舐められようが舐められまいが自分のやるべきことを見失いたくない。

「今日は1日どうでしたか」

「病院のコンビニまで歩きました」

「すごいですね。早く退院できるように頑張りましょうね」

「先生、夜遅くに来てくれてありがとうございます」

基本的に僕たちは弱っている人を相手にする。高圧的になっている人も、クレーマー扱いされる人も、その家族も含めてみんな手術の前後で弱っている。例えるなら雨で濡れて飛べなくなったスズメをそっとタオルで拭いて乾かしてあげたい。そのスズメが弱ってしゅんとしていようが、医者を警戒してピーピー泣こうが、僕のやることに変わりはない。

「今から明日の手術のＩＣをするけど、病棟に来られる？」

午後の手術が終わって医局で一息ついていると、上の先生から電話がかかってきた。

「はい、すぐに向かいます」

その日の手術が終わると、翌日の手術のＩＣがある。そして明日手術してまた、明後日のICをする。まさに自転車操業状態。

ICとは「インフォームド・コンセント」といって、日本語に訳すと「説明と同意」となる。平たくいえば、専門用語などをできるだけ使用せずに、患者さんに分かりやすい言葉で説明し、しっかり理解を得た上で手術の同意をもらうということである。

「じゃあ面談室に本人と家族を呼んできて」

「はい」

ICでは基本的に本人だけでなく、家族などの親族にも同席してもらう。

手術において合併症はつきものである。時に致命的な合併症をきたすこともある。極端な例では、手術前は元気だった患者さんが術中に亡くなることもある。合併症は手術のうまい下手にかかわらず起こるときは起こる。そのため、手術の必要性とリスクについて事前に十分に説明し理解してもらい、同意を得る必要がある。

また、第三者にも同席してもらうことでトラブルを回避することができる。実はICは患者さんのためだけでなく、医師を守るためのものでもあったりする。

「これが腫瘍で大きさは2㎝程度です。CTを見る限り明らかなリンパ節転移や遠隔転移は認められません。以上から術前診断はステージIのS状結腸癌です」

先生はモニターに内視鏡画像やCT画像を映しながら説明する。入院以前の外来で少しずつ説明がなされているため、疾患の説明は円滑に進むことがほとんど。

「ステージIなので、手術により根治切除が望めます」

「はい」

手術が必要であることもすでに理解した上で入院してきているため、ここも特に問題ない。

「しかし、手術で摘出した腫瘍とリンパ節を病理検査に提出した結果が確定診断となるので、ステージが変わる可能性もあります」

「どのような場合にステージが変わるのでしょうか?」

ご家族から質問が出る。ステージとは癌の進行度のことであるが、患者さんにとってステージはもっとも関心のあることの1つだ。

「リンパ節に転移がある場合や腫瘍が思った以上に深く浸潤《しんじゅん》している場合、ステージIIやIIIになる可能性もあります」

「ステージが進んでいる場合はどうなるのでしょうか?」

「術後に追加で抗癌剤治療が必要になることがあります。術後1週間程度で病理検査の結果が分かるのでその時にまた相談しましょう」

「分かりました」

「また、術前はほかの臓器への転移はありませんでしたが、術後に肝臓や肺、脳などに再発する可能性があります。その場合、追加の手術や抗癌剤による治療が必要になることがありますが、それもまた出てきた時に相談しましょう」

一気に全ての可能性や治療を説明しても患者さんは理解しきれない。しかし、ステージが変わることや再発の可能性についても説明しておかないと、後でそんな話は聞いていない、ということになる。ツッコミどころは潰しておかなければならない。どこまで話すのかについては、患者さんの雰囲気で判断するのだが、このさじ加減がなかなか難しい。

「次に術式と合併症について説明しますね」

「はい」

「手術は腹腔鏡で行います。このようにお腹に計5箇所の穴を開けます。お臍の穴からカメラを入れて、ほかの穴から手術器具を入れてモニターに映して手術を行います」

先生は図を用いて分かりやすく説明する。ここで上手な絵が描ければ、信頼度が増すだろうなと思う。

「合併症には出血や感染、縫合不全などがあります。合併症は手術のうまい下手にかかわらず一定の確率で起こるとされています。合併症が起こった場合、追加の検査や処置が必要になったり、人工肛門が必要になることもあります」

「人工肛門は作りたくない。そんなみっともないものを作るくらいなら死んだほうがマシだ」

ＩＣが始まってから初めて患者さんが口を開いた。この人工肛門というワードに反応しない患者さんはいないと言ってもいいと思う。

「人工肛門は縫合不全が起こった際に救命するために必要な処置です。今回の手術で縫合不全の確率はそれほど高くありませんが可能性はゼロではありません。人工肛門造設に関しても同意をいただけなければ手術はできません」

「分かりました。お父さん、その時は仕方ないよ」

同席していた娘さんが患者さん本人をなだめる。

医者は基本的には優しく分かりやすく説明をしなければいけない。しかし、時には強く言わないといけない。軽く見積もると、後で取り返しのつかないことになる。

「その他、肺血栓塞栓症《はいけっせんそくせんしょう》や心筋梗塞など重篤な合併症も起こり得ます。術前の検査でリスクが低いことを確認しておりますが、これも可能性はゼロではありません。術中に何が起こっても不思議はないとご理解ください」

「手術中に死ぬこともあるんですか？」

奥さんが尋ねる。

「ないとは言えません。しかし、そうしたあらゆるリスクを考慮して我々は手術に臨みますし、その上で手術が最善の治療だと判断しております。術前検査で全身状態に特に問題がないことを確認しておりますので、過度に心配する必要はありません」

「分かりました。お任せしようか」

「そうだな。お願いします」

みんなも納得してくれたようだ。

「では以上で説明を終わります。明日はよろしくお願いしますね」

こうして手術の説明を終える。

ICとセットで使われる用語に「セカンドオピニオン」という言葉がある。セカンドオピニオンとは直訳すると「第二の意見」となる。患者さんは医者からICを受けても納得がいかない場合、別の医者に意見を聞くことができる。セカンドオピニオンは患者さんが納得のいく治療を選択するためのものである。

医者は学生の頃からセカンドオピニオンの重要性について学んでいる。患者さんから要望があれば不本意であったとしてもほかの先生に紹介状を書かなければいけない。それはつまり、医者を替えてでも患者さんが納得することが大切だということだ。昔に比べて、医者は絶対ではなくなってきていることを象徴している。

患者さんは自分の病気を治してもらいたいと思い、医者は患者さんの病気を治したいと思う。外科医は病気を治すための最善策が手術だと判断すれば、手術を行う。当然不必要な手術はしない。必要だと判断したからこそ、術前の検査を入念に行い、みんなで話し合って手術の方針を立て、たくさんの人手と長い時間を使って手術に臨む。にもかかわらず、医者の思いが患者さんに十分に伝わらず、術後に対立することになるのはとても残念なことだ。確実なICをすることがお互いにとって幸せなのである。

外科医は日中はほぼ手術に入っているため、早朝と夕方以降に病棟業務をこなす。朝は回診とカンファレンス、夜は回診と術前ICが主な業務である。その他、書類仕事などの雑務や翌日のカンファレンスの準備を終えると、ようやく1日の業務が終わる。

僕は仕事を終えるとできるだけ早く家に帰るようにしている。家に帰るといっても僕たち若手外科医にとって勝負はそこからである。次の日の手術の予習、今日の手術の復習、糸結びや腹腔鏡手術の練習などなど、やるべき課題は山積みである。次の日も早いため、時間との勝負でもある。

さて、何を食べようか。まずは腹ごしらえ。病院から自宅までの間にはたくさんの飲食店が並んでいるが、僕はご飯のおかわりが無料の某チェーン店を愛用していた。

いただきます。心の中でつぶやいて手を合わせると勢いよく食べ始める。朝はいつもギリギリのため朝食は食べないのだが、日中もしばしば手術が忙しくて昼食も食べ損ねる。そのため、夕食だけで明日1日分のエネルギーを摂らなければいけない。お茶碗に3杯は食べないと足りない。

ご飯のおかわりに行くと、いつもの店員さんと目が合う。店員さんはおそらく学生で、無愛想な女の子だ。

この人、いつもご飯をおかわりしているけど貧しいのかな。そう思われているかもしれないが、気にならない。

病院では人の目が気になるのに、ここでは人の目が気にならないのはなぜだろう。食べることに必死だからかな。でも、だとしたら僕は病院で必死じゃないということになる。必死にやっているつもりだけど、なりふりは構っている。そんな感じなのかな。

僕は、東国《とうごく》病院でもそうだけど、石山病院で初期研修をしていた頃から、上の先生の目を気にしてしまう。例えば、上の先生と一緒に患者さんの回診に行くといつもの調子で話せなかったり、カンファレンスで上の先生に向かって自分の意見を言えなかったりする。しかし、同期とかほかの先生を見ていると上級医の前でも自分の意見をしっかり言える人が多い。今までは、ただ、みんな気持ちが強いなくらいに思っていた。けれどおそらくそれだけではない。確かに僕は気が弱いところはあるけれど、絶望的に気持ちが弱い性格ではない。

僕は過度に上の先生に怯えている。それはたぶん性格の問題ではなく、必死さが足りないから。患者さんを何とかしたいという必死さが僕にはない。そして、その自覚がある。そういうところが、このふがいなさに現れているのだと思う。

いつまでもこんな調子でいいはずがない。先輩なんてどうでもいいと思えるくらい必死でやらないと。僕はおかわりしたご飯を頬張る。

さて、今日はこれから何をしよう。明日は胃癌の手術だから、その予習は外せない。今日の手術で糸結びがうまくできなかったから、糸結びの練習も欠かせないな。

僕は店を出ると、今日のトレーニングメニューをあれこれ考えながら家路についた。

外科医を目指したきっかけ

去年までいた石山病院は、内科、外科、小児科、産婦人科を標榜している地域に根ざした病院だった。研修医が1学年3人で研修病院としては規模の小さい病院である。お互いにライバル意識もないわけではないが、みんなで力を合わせて研修していこうという雰囲気があり、僕にとって安心感があった。

同期には、救急科志望の細山と産婦人科志望の宮岡がいた。僕は2人とは違って、初期研修が始まった段階では何科になりたいか決まっていなかった。医者といえば、いろいろな疾患を頭に浮かべて適切な検査を行い鑑別し、治療するという内科医のイメージが強く、内科に対する憧れがあった。ただ、手先が器用だった僕はどちらかといえば外科系が向いているような気がしていた。それに、僕は手術を見るのが好きだったし、自分でもやってみたかった。

3人は出身大学もばらばらでそれぞれ特長も違った。

「3階A病棟、コードブルー」

館内放送が流れる。コードブルー。これは患者さんが今まさに心肺停止になった際に、スタッフを集めるためのサインである。

「コードブルーか、行かないと」

この放送を聞いたら無条件に向かうようにと日頃から上級医に口を酸っぱくして言われていた。いつでも対応できるよう心肺蘇生法については講習を受けていたし、普段から繰り返し練習していた。しかし、僕は実際に心肺停止状態の患者を前にすると頭の中が真っ白になってしまい、あたふたしてどうしていいか分からなくなってしまう。コードブルーが苦手なのは宮岡も一緒だった。

「1、2、3、4、5、6、7、8」

少しして現場に到着すると、すでに胸骨圧迫のかけ声が響いていた。細山の声だ。

細山はコードブルーの時は必ず一番に現場に到着し、心肺蘇生を行っていた。細山はそれほど勉強ができるわけではなかったが、咄嗟の時に正しい判断ができるタイプだった。

宮岡と僕は細山に聞いたことがある。

「どうしてコードブルーの時にあんなに堂々と的確に動けるの」

「分からないけど、追い込まれた時ってやるべきことだけがくっきり浮いてくる感じがするんだ。もちろん選択肢はあるんだけど、ほかのことは見えなくなる。英字新聞をパッと見て意味を把握するのは無理だろ？　でもマーカーが引いてあったらそこを読む。咄嗟の時にはマーカーが見えてそこだけを読んでいる感覚なんだ。だから実は全体は理解できていないんだけど」

細山は笑いながらそう答えた。細山は決して人に対して偉ぶるタイプではなかったし、見栄を張るようなタイプでもなかった。細山は本当のことを言っている。僕たち2人は直感的にそう理解した。たぶん、細山は咄嗟の時にアドレナリンが出て神経が研ぎ澄まされるアスリートのような気質を持っているのだろう。

「普段は一切教科書にマーカーなんて引かないくせに」

「おれの教科書はマーカーだらけなのに、引いたはずのマーカーが咄嗟の時にはなぜか消えている」

僕と宮岡は冗談で返したが、まさに細山は救急医にふさわしい人材である。もう1人の同期、宮岡はみんなが一目置く存在だった。

カンファレンスで細山の患者さんの治療方針について検討していた時のことだ。

「この患者は肺癌の末期で、呼吸状態も悪く、意識も朦朧とした状態です。余命2週間程度と予想されます。このまま看取りの方針です」

細山が自分の患者さんをプレゼンする。

末期だから仕方がないな、という空気になる。こういう患者さんは実際たくさんいる。

「痛みはコントロールできている？」

「はい、大丈夫です。引き続き、状態を見ながらオピオイドを増量していこうと考えています」

細山は心優しい。救急だけでなく緩和医療も細山の得意分野だ。カンファレンスに参加している上級医も納得の表情を浮かべている。

「次の患者さんは……」

と細山が次にいこうとしたところで、宮岡が質問をした。

「その患者さん、熱はある？　呼吸音はどう？」

「熱はないし、呼吸音も普段と変わらないよ」

「一回採血したほうがいいんじゃないの？」

「ターミナルの人に苦痛を与えたくないから検査はしないと先週のカンファレンスで

話し合って決めたんだ。宮岡も聞いていただろ？」

確かにそうだった。僕も聞いていた。

「いや、でも急に呼吸状態が悪くなって、意識状態も悪くなったのなら何か起こっている可能性だってある」

この日の宮岡は妙に細山に突っかかっていった。僕たち3人は週に1回飲みに行くくらい仲が良かった。そんなことはお構いなしだった。

「全部の症状を癌の影響と決めつけるのはよくないと思う」

癌末期では急に呼吸状態も悪くなるし意識状態も悪くなる。それほど珍しい経過でもなかった。宮岡はいつでも物腰が柔らかく、思慮深い人間だ。それなのにこの時は頑なだった。

「おれは患者に苦痛を与えたくない。検査をしたからといって何ができるっていうんだ？」

細山も黙ってはいなかった。

「意識がない人に採血するのがどれだけ苦痛だっていうんだよ。状態が悪くなったらその原因を探すのが医者の仕事だろう」

この時、僕は完全に傍観者であったが、どちらの言い分も正しいと思った。この患者さんに治療の余地はない。癌が治ることはもうないのだ。でも、確かに原因を探すのが医者の仕事。どっちも正しい。

「原因が見つかったら苦しい治療を行うのか？」

「肺炎だったらどうする？」

「治療しない。苦しみを取り除くことに専念する」

「肺炎が見つかったとして、抗生剤の点滴をするのは患者さんにとって苦しいことなのかな？　それで肺炎が良くなったら患者さんは楽になるかもしれないだろう」

なるほど。黙って静かに見守ることだけが緩和医療ではない。この一件から僕はそのことを教わった。

「宮岡、本当に助かった。ありがとう」

2ヶ月後、細山は宮岡に感謝していた。あのカンファレンス後、例の患者さんの採血をしたところ、炎症反応が悪化していることが判明した。さらに、レントゲン検査などを行った結果、肺炎を発症していることが分かった。肺炎に対して治療を行うと、呼吸状態が改善し、意識も一時的に戻った。その後、徐々に衰弱していき最終的には亡くなったが、意識が回復したことで、遠方に住んでいて長年会えていなかった息子にも会え、いい最期を迎えることができたとのことだった。

宮岡は正しいことを言える人間だ。正しいだけではなく、患者さん想いである。だから他人の患者さんにあれだけ口出しができるし、仲の良い細山を相手に対立した意見をはっきり言える。プロフェッショナルだ。僕には真似できない。患者さんのことを想う優しさがあるからこそ正しい結論に至り、なおかつその結論に誠実でいられる人間だ。産婦人科医として、地域に安心感を与えていく姿が容易に想像できる。

一方、このエピソードで細山の人の良さも見えた。まず、細山はカンファレンスで間違ったことは言っていなかった。できるだけ苦痛を与えたくないという細山の考えも一理あった。その証拠に上級医は誰も口を挟まなかった。宮岡が意見をした時、「主治医はおれだから」と突っぱねることもできた。宮岡に指摘されないまでも肺炎の可能性も頭にあったのだろう。だからこそ熱や呼吸音についてしっかり把握していたのだ。にもかかわらず、宮岡の意見に耳を傾け、自分の非を認めた。そして、最後に感謝の言葉を述べた。これも僕には到底真似できない。細山と宮岡は医者としても人間としても、本当に尊敬できる自慢の同期だった。

それに比べて僕にはこれといった特長もなければ、信念もなかった。一人前の医者になるためには初期研修が必須であり、初期研修の2年間で専攻する科を決めなければいけないため、いろいろな科を満遍なくローテーションしている、というだけだった。しいて言えば、手先が器用で、ルートキープ（点滴の針を血管内に挿入し留置すること）、気管挿管、血管カテーテル留置、糸結びなど、研修医が取得すべき手技はそつなくこなすことができたが、これらはそれほど重要なことではない。いずれみんができるようになることが少し早くできたというだけのこと。勉強熱心ではないし、上級医に怒られることも多かった。細山のような行動力も、宮岡のような誠実さも持ち合わせていなかった。自信がないから動くのが怖い、意見するのが怖い、そういう研修医だった。一般の方が想像する典型的な研修医だったのかもしれない。

細山や宮岡のように、初期研修が始まる頃にはある程度将来の志望科が決まっている人は多い。志望科が定まっていれば、それを見据えた研修病院を選ぶことができる。救急科を目指していた細山は、将来的には大病院に勤めることになるから地域の医療の現状を先に知っておきたいという理由で石山病院を選んだ。産婦人科志望の宮岡は、地域に寄り添った医療を学んで、将来的には産婦人科医兼家庭医としてお産に携わりたいという理由で石山病院を選んだ。

ただし、彼らのように医学生の頃から「明確な意志」を持っている研修医は実は少数派で、ほとんどの場合、外科系や内科系と大雑把に決めて、自分と相性の良さそうな研修病院を選ぶのが実状だ。

僕は多分に漏れず、明確な意志を持たない学生だった。

「僕が石山病院を選んだのは、学生の時に訪問診療を見学し、地域医療に興味を持ったからです」。これが石山病院を選んだ表向きの理由。初期研修医は病院を選んだ理由を聞かれることが多いので、その際に言葉に詰まらないよう準備しておいた答えである。もちろんこれは大義名分で、本当は「先生方がみんな穏やかで優しそうで研修医同士もピリピリしておらず仲が良さそうだったから」である。

僕のように明確な意志がない学生は、研修先に中規模から大規模の病院を選ぶケースが多い。各診療科が満遍なく揃っていて、ある程度のクオリティの研修が期待できるからだ。研修医が10人前後いれば、合わない人が数人いてもなんとかなる。そういった病院はいわば「ハズレ」の確率が低いのだ。

逆に石山病院のような小さめの病院は診療科が少なく、満遍なく研修するのが難しい。もちろん研修病院に指定されている以上、初期研修に最低限必要な経験はできる。しかし、病院にない診療科を学ぶことはできないなど、研修にやや片寄りが出てしまう。なので、まだ明確な目標がなく満遍なく学びたい者には不向きといえる。

以上の理由から、僕の場合は初期研修先として大きめの病院を選ぶのがセオリーだった。実際に大きな病院を見学し、面接も受けた。しかし、同期は仲間であると同時にライバルでもある。同期が多ければ多いほど、ライバルも多くなるし、上級医も競争を煽ってくる。僕はそういった厳しい環境でやっていく自信がなかった。

どこに行っても必ず競争はある。学生時代から学業や部活動で順位をつけられてきた。社会に出て集団生活を送る上で競争があるのは仕方のないことである。理解していたつもりだったが、できるだけ競争から逃れたかった。

「医者同士はライバルではなく味方です。みんなで一丸となって患者さんに向き合っていきましょう」

学生向けの病院説明会で、石山病院の院長はこう言った。その言い振りから、この人は本当にそう思っているのだと感じた。この言葉を聞いて、ここで研修したいと思った。向き合う相手は患者さんであって医師ではない。これは今でも僕の念頭に置いてある大切な思想だ。

実際に石山病院を見学してみると、穏やかな先生方が多く、「○○はもっと勉強しているぞ」などと競争を煽るような雰囲気はなかった。僕はこの病院で研修することを決めた。

同期に対するライバル意識はある。時に競い合うこともある。ただ扇動者がいないことで僕の初期研修は穏やかに進んだ。

転機は1年目の冬に巡ってきた。外科のローテーションで中堅外科医の長谷川先生が指導医となったことである。

外科では手術の技術が求められる。技術が全てではないが、かなり重要である。

「よし、じゃあこの糸を結んでみて」

チャンスは突然にやってくる。

「じゃあ次はこれをやってみようか」

そつなくこなすことができれば、次のチャンスが与えられる。

「もういいよ。ちゃんと練習してきて」

うまくできなければこう言われて、次のチャンスはなかなかこない。チャンスを与えられた時にできることをアピールすることで次のチャンスが巡ってくる。外科はそんなシビアな科だった。体育会系の部活動に似ている。同期がいれば当然競い合うことになるし、比べられる。

僕は指先を使って作業したり物を作ったりするのが好きだったので、手先を上手に動かす器用さが求められる手術には興味があった。しかし競争は嫌だったので、外科医になりたいわけではなかった。しかも、1つ上の研修医の先輩が外科のローテーションでかなり厳しく指導されているのを見ていたので、外科は怖いというイメージが僕の頭に完全に定着していた。僕は外科研修を直前に控え、戦々恐々としていた。

外科研修が始まる1週間前、長谷川先生は大量の手術用の糸を僕に渡して言った。

「山川くん、手術にも興味があるんだよね。よろしくね」

「よろしくお願いします」

「とりあえず、これで糸結びの練習をしてきて」

僕は糸結びができないと命を取られるかもしれないという恐怖心から、必死に糸を結んだ。来る日も来る日も結び続けた。

「渡した糸、全部使い切ったの？　さすがは外科志望」

外科研修が始まる前日、必死に糸結びの練習をする僕と、机の上に広がっている結ばれた大量の糸を見て、長谷川先生は言った。どうやら研修が始まってからの練習分もくれていたらしい。何か勘違いされているようだったが、そう言われて悪い気はしなかった。

そして、外科研修の初日がやってきた。

「研修医の山川です。今日から3ヶ月間よろしくお願いします」

外科の先生方の前で挨拶をした。

石山病院には外科医は8人しかいなかったが、それでも内科研修の時とは違った体育会系の威圧感があった。

「君は外科志望なんだよね。よろしくね」

「外科志望は最近少ないから貴重だな」

後で知ったのだが、長谷川先生が「山川君は外科志望で、一生懸命に糸結びの練習をしていました」と話してくれていたようだ。「実は外科志望ではありません」とは言い出せない雰囲気になってしまい、本当のことがバレたらと思うと先が思いやられた。一方で、その期待に応えたいという気持ちもあった。同期の宮岡や細山に対して劣等感を感じていた僕は、その期待が嬉しくもあった。

「外来見学はしなくていいから、とにかく入れる手術には全部入って、できるだけ手術に慣れていこうか」

長谷川先生はそう言って手術予定表の全ての欄に僕の名前を書き込んでくれた。

「外科では決まった手順をその通りにできることが大事なんだ。そうすることで阿吽の呼吸が生まれる。逆に1人でも手順を覚えていないとスムーズにいかなくなる」

僕は手術に入っては必死で手順を記憶し、終了後にノートに書き留めた。

「違う、先にこうするんだ」

「前の手術で誰かそんなことをしていたか」

しかし、手順をそのままなぞるのは難しい。手術に入るたびに怒られた。

「執刀する先生によっても好みがあるんだ。手術中は執刀医が絶対だから執刀医の好みも知っておかないといけない」

長谷川先生はそう教えてくれたけど、そんなのどうしようもない。通常の手順すらなかなか覚えられないのに。

途方に暮れながらも、なんとか必死に食らいついた。

「外科研修が始まって1ヶ月が経ったけどどう？」

「一生懸命やってはいるのですが、なかなか難しいです」

「でも山川君、楽しそうだよね」

「はい」

これは本当だった。手術に入るたびに怒られるし、努力してもなかなか実らない。でも手術は楽しかった。

「山川君は外科に向いているよ。とにかくひたむきなところがいい」

「いや、でも全然上達していないので」

「そんなことはないよ。糸結びがここまでうまい研修医は見たことがないし、ほかの先生も山川君を評価しているよ。一生懸命やっているから教え甲斐もあるしね」

「ありがとうございます」

僕は医者になって初めて褒められた。

外科研修は3ヶ月間であったが、最後まで順調だった。正しくは、精神的に安定していた。

「僕は外科医になりたての頃、指導医の先生から毎日怒られまくって手術に入るのが本当に嫌だったんだ」

ある時、長谷川先生は僕はこう言った。石山病院の外科のエースにそんな苦しい時代があったなんて意外だった。

「その先生から、お前みたいなやつはほかの病院に行ったら絶対に通用しない、潰される。何度もそう言われたよ」

「そうなんですか？」

「うん。そして毎日毎日怒鳴られたけど、なぜ怒られているのかわけが分からなかった。でも山川君の姿を見て、あの時に怒られた理由が分かった気がするよ」

「はあ」

「僕には謙虚さがなかった。何度も同じ失敗を繰り返していたのに、それをなんとも思っていなかった。自分に自信があって人の意見を聞かなかったんだ。だから怒られていたんだけど、全然響かなかった。でも山川君にはそれがない。謙虚でひたむきで、言われたことを素直に聞いて、すぐに行動を変えられる」

「僕は自分に自信がないだけです」

「今の自分に自信があったら問題だよ。自信がなくても何か指摘された時に自分の非を認めてすぐに実行できる人はそんなに多くない。とても難しいことなんだ。特に小さい頃からエリート街道を歩いてきた医者はみんなプライドが高いから僕みたいになる。でも山川君はそれが自然にできる。きっと近い将来いい外科医になれるよ」

「ありがとうございます」

単純と言われるかもしれないが、僕はこの言葉で外科医になることを決意した。外科研修を通して手術の楽しさを知り、外科医になりたいと思うようになっていたが、競争に対する苦手意識が邪魔をしていた。かといって、外科の楽しさを経験した僕は今さら内科やその他の科を専攻するというイメージも持てなかった。どうしたものか悩んだが、最終的にはこの言葉が外科医の道に進むことを決意させてくれた。

初執刀

東国《とうごく》病院に来て2ヶ月が経過した。僕は相変わらず、手術に回診に忙しい日々を過ごしている。1日1食には慣れたが、外科医としてはまだがむしゃらに目の前にある課題に取り組んでいるだけで、とても慣れたとはいえない。

手術前、いつも通りに手洗いを済ませ、ガウンを着て、所定の位置につく。これから行われるのは腹腔鏡手術だから僕はスコピストだ。執刀医と助手が患者さんの頭側に向かい合わせに立ち、僕は執刀医の足側に立つ。ドレーピングを行い、器具を並べていく。

「よし、じゃあ山川君はこっちに来て」

準備が整うと、本日の執刀医・岡島先生はそう言って一歩下がり、自分のいた場所を指し示した。

「え？　あ、はい」

僕は戸惑いながらも岡島先生と入れ替わるように執刀医の位置に立つ。

（もしかして……）

「そう、今日は山川先生が執刀するんだよ」

岡島先生はまるで僕の心の声を拾ったかのように言った。

「はい」

ついにこの時がきた。執刀するしないにかかわらず、その患者さんの手術のメンバーに組まれた場合は担当医として挨拶や簡単な診察を行う。もちろん検査結果や画像検査の結果もしっかりと術前に確認し、執刀医と同じように準備する。この患者さんについても同様に準備をして手術に臨んでいるのだが、そろそろ執刀のチャンスがあるのではと思っていたので特にこの日は入念に準備をしてきていた。ついにきた。やっとめぐってきたチャンスに胸が高鳴る。

「頑張ります」

嬉しいと思ったのも束の間、全身に緊張が走る。僕はこれから上級医たちに品定めをされる。そう思うと、心臓が縮こまり、息がしづらくなる。

今から行われる「腹腔鏡下胆嚢摘出術」は、胆嚢炎や胆嚢結石症に対して行われる手術である。昔は、開腹手術が主流だったが、今は腹腔鏡という内視鏡カメラでお腹の中をモニターに映して、専用の鉗子《かんし》や電気メスなどを使って手術を行う腹腔鏡下手術が一般的である。

そろそろ初執刀のチャンスがくるのではないかと思っていたのは、一週間前に同期の東《あずま》さんが初執刀を経験していたからだ。その術式も腹腔鏡下胆嚢摘出術だった。胆嚢炎や胆石症はよくある疾患で症例も多く、手術もたくさん行われている。難易度はピンからキリまであるが、簡単なものであれば手順も少なく、1時間程度で終わるため、僕たちのような若手外科医が経験を積むには丁度よい手術といえる。

同期が2人いればどちらかが先に初執刀を経験し、どちらかは後になる。それは当然のこと。頭では分かっていても、先に東さんが執刀したとなると、僕は焦る。とんでもなく差をつけられたような感覚になってしまう。

東さんが初執刀をした時、僕は別の手術に入っていたため、見学することはできなかった。僕と東さんは一緒に手術に入ることがほとんどない。手術のメンバーは部長クラスのベテラン、中堅、若手の3人で構成されることが多く、僕と東さんは共に若手に分類されるためだ。

東さんは普段の手術中、どのように振る舞っているのだろうか。やはり普段と変わらず堂々としているのだろうか。それとも僕と一緒でオドオドするのかな。初執刀はどこまで自力でできたのだろう、最後まで上の先生に取り上げられずに執刀できたのだろうか。怒られたりもするのだろうか——。

東さんが初執刀をして以来、気がつくとそんなことばかり考えてしまっていた。僕にも近いうちに初執刀の機会が訪れる。まずは自分のことに集中しなければいけない。腹腔鏡手術は録画してビデオに残せるため、後で繰り返し観て復習できる。僕は自分が参加した手術のビデオはなるべくその日のうちに観る。そして週末は次の週の予習にビデオを使った。

近いうちに執刀する日がくる。そう思うと、ビデオ学習にも力が入る。普段はビデオを2倍速で流してポイントとなるところだけを等倍速でじっくり観る。そうしないと、とても全ての手術を復習することはできない。しかし、この週末は、過去の腹腔鏡下胆嚢摘出術の中で典型的なものを選んで、最初から最後まで等倍速で観た。途中、分からないところがあれば止めては戻してを何度も繰り返しながら細かく手順を確認した。いつチャンスがきてもいいように準備してきたつもりだった。

「タイムアウトをお願いします」

「はい。お名前は、えっと、谷真一さんです。えー、胆嚢結石症に対して、腹腔鏡下胆嚢摘出術を行います……」

タイムアウトとは、手術や処置などの前に行う確認作業のことである。手術前に患者さんの名前や術式をその場にいるスタッフ全員で最終確認し、間違いのないようにする。術前以外にも麻酔前や退室前など、あらゆる場面でタイムアウトは行われる。

「先生、手術時間は？」

「1時間30分くらいです」

「出血量は？」

「少量です。よろしくお願いします」

「お願いします」

「お願いします」

外回りの看護師さんに先導されながらなんとかタイムアウトを終える。幸先の悪いスタート。

「メスください」

いよいよ、執刀が始まる。

「ではお願いします」

「お願いします」

「お願いします」

最初のメスが患者さんの皮膚に入る直前にもう一度、挨拶するのが慣習である。みんなが僕の声を追いかけてきて、自分が先頭に立っていることを実感する。助手の時とは全く違った緊張感があり、怖くなる。

臍の真上の皮膚を切開すると、腹直筋鞘《ふくちょくきんしょう》が出てくる。

「コッヘルください」

腹直筋鞘を掴んで引き上げる。こうしないと臍部は沈んでいくため、うまくお腹の中に到達できない。

「電気メスください」

腹直筋鞘を切開して突破し、腹膜に到達する。

「お腹の中に入りました」

腹膜を突破すると、腹腔内に入る。

「カメラポート入れます」

臍に開けた穴からカメラポートを入れる。

「じゃあ気腹」

岡島先生が看護師さんに指示を出す。カメラポートが入ると気腹チューブをポートに繋いで気腹する。気腹とは、お腹の中に空気を入れて膨らますことだ。気腹することでお腹に操作するスペースを作る。

「癒着もないし、胆嚢の炎症も治まっているみたいだね」

岡島先生は慣れた手つきでカメラを操作して、腹腔内を見渡す。

「はい」

僕は岡島先生の言葉に頷く。この患者さんは、一度胆石発作を起こしただけで、既

なさそうだ。

往歴、手術歴ともになく、ほとんどまっさらな状態である。手術はそれほど難しくは

「次に何をする?」

「5㎜ポートを入れていきます」

「そうだね」

執刀医用に2つ、助手用に1つ、計4つの穴を開け、5㎜ポートを装着する。このポートから手術器具を入れて手術を行う。

「よし、じゃあ両手に鉗子を持って。始めていこう」

「はい」

「鉗子を2つください」

鉗子にもいろいろな種類があるが、僕はまだ使い分けができない。仕方なく曖昧に器械出しの看護師さんにお願いすると、適切な鉗子を渡してくれた。

「おれがこの辺を持って上に上げるよ」

岡島先生はそう言って鉗子で胆嚢を掴んで頭側に吊り上げた。

「さあ、次はどうする?」

「ルビエール溝がこれだから、これよりも胆嚢寄りのところで漿膜《しょうまく》を切り始めて……」

「違う違う。まずは場を作らないと」

「はい」

「ちょっと、貸して」

そう言うと、僕の左手鉗子を使って横行結腸《おうこうけっちょう》や十二指腸を尾側《びそく》（足側）に押し下げる。するとさっきまで狭く不良だった視界がひらけた。これを「場を作る」と表現する。

「はい。じゃあ漿膜を切っていこうか」

僕は鉗子を受け取ると、漿膜切開を開始した。

「もうちょっと左手を手前に引っ張って」

「左手を持ち直して。そうそう」

「そこはまだ裏に何があるか分からないから後にしよう」

岡島先生に誘導してもらいながら必死に手を動かす。もはや自分が何をしていて、次に何をするべきなのか分からない。訳が分からずただ動く。この日のために勉強してきたことが、全く役に立たなかった。

手術とは、1つ1つの工程が、流れるように次に繋がっていくものである。しかし、僕の手術には流れがなかった。とにかく今やっていることに必死で、まるで先の見えない暗闇の中を懐中電灯1つで一歩ずつ進んでいくような手術だった。

「もうちょっと小さく掴んでみようか」

「はい。あれ？」

鉗子の使い方も覚束なく、操り人形にすらなりきれない。

「ゆっくりでいいから丁寧にいこう」

それでも岡島先生は僕を急かすことなく執刀させてくれた。

「次はどうする？」

「ここを切ろうと思います……、いや、やっぱりこっちからいったほうがいいかもしれません」

手が止まる。どこから切ればいいのだろう。

「左手でここを持ってごらん」

岡島先生がモニターを指差して持つ場所を教えてくれる。僕はその通りに左手を持ち直す。

「ほら、切る場所が分かっただろ？」

「はい」

岡島先生の言われた通りのところを持つだけで自然と切るラインが見えてくる。持つ場所1つで手術のしやすさが格段に違ってくることを実感する。

「次はこっちだ」

「そうそう」

少しずつペースが掴めてきた。

「よし、そろそろ代わろうか」

時計を見ると手術時間は1時間30分を過ぎていた。タイムアップだった。

岡島先生と入れ替わりで助手の位置につく。ようやく地に足がついた感じがしてホッとする。

僕と交代した岡島先生はいとも簡単に胆嚢を摘出し、手術を終えた。

「初執刀はどうだった？」

岡島先生はガウンを脱ぎながら聞いてきた。

「勉強はしてきたんですが、何もできませんでした」

僕は、俯きながら答えた。

「まあ最初はこんなもんだよ」

「はい」

「今日のことを復習して、また次頑張れよ」

「ありがとうございます」

「じゃあ患者さんの退室の付き添い頼むよ」

そう言うと岡島先生は手術室を後にした。

初執刀は悔しい結果に終わった。悔しいと口にするのが恥ずかしいほど、何もできなかった。いつか僕も岡島先生のような手術ができるようになるのだろうか。今はできるようになるイメージが全く湧かない。執刀している時、宙に浮いているようなふわふわした気持ちで全然頭が働かなかった。鉗子の操作も全然ダメだった。絶望的な気持ちになる。

その一方で、手術の楽しさを感じることもできた。目的の血管を周りの組織から剥がしてきれいに出して切ったり、正しい層に入って胆嚢を肝臓から剥離していく作業はとても楽しかった。助手で見ているのも楽しいけど、やってみるともっと楽しかった。

課題も見つかった。これまで主にビデオで予習・復習をしてきたが、ビデオでは上手な手術が淡々と進んでいく。しかし、いざ執刀してみると、ビデオで観ると何気なく通り過ぎていることの1つ1つが僕にとって大きな壁となって立ちはだかった。今までのビデオの見方では受動的な勉強になってしまい、手順などの勉強にはなっても執刀に活かせる勉強にはならない。鉗子の操作に関しても自宅の練習キットでやっていたが、なんとなく糸を結んだりしていただけで実際の手術を意識した練習はできていなかった。

僕は初執刀を経験して、手術できるようになるまでの道のりが果てしないことに絶望的な気持ちになったが、手術の楽しさや課題も見つかり、もっと上手に手術ができるようになりたい、そのためにはこれからは執刀に向けて、より効率的に一直線に勉強しなければいけないなと思うようになった。

手術は楽しい

初執刀以来、僕の目の色は変わった。手術に入るのはもちろん、少しでも時間ができれば手術を見学する。そしてその日のうちに手術のビデオを見返して復習し、過去のビデオを見て次の手術の予習をする。やっていることは以前と変わらないが、課題を意識できたおかげでより緻密に手術を学ぶことができるようになった。今まで適当に流して観ていた工程が実はポイントだったりすることにも気づいた。百聞は一見にしかずという言葉通り、やってみて初めて見えてくるものがあった。

初執刀から1週間。週間予定表に、『胆嚢結石症　腹腔鏡下胆嚢摘出術　執刀医：山川医師』と書かれていた。早くも2度目の執刀のチャンスが訪れたのだ。

僕は初執刀のビデオを何度も見返した。鉗子《かんし》の動きが拙い。そこを切ればいいのに、という場所をなかなか切らない。自分のビデオは本当に見苦しかった。それでも、見返すことであの独特な雰囲気を再び思い出すことができた。無我夢中で執刀中のことはほとんど覚えていなかったが、何度も見返しているうちに自分ができなかったことやほかの先生との違いが少しずつ浮き彫りになってくるのが分かった。

「研修医の神谷です。1ヶ月間よろしくお願いします」

7月になって初期研修医2年目の神谷君が外科研修にやってきた。学年は僕の1つ下になる。僕たち専攻医1年目と初期研修医とは、月に何度か救急外来で一緒に働いているため、神谷君とは面識があった。とても優秀な研修医である。

初期研修医は内科や外科、小児科、産婦人科などいろいろな科をローテーションしてひと通りの経験をすることが必須となっている。外科では最低でも1ヶ月間の研修が必要だ。

「神谷君は何科志望なの？」

「小児科です」

「そうか。子どもが好きなの？」

「それもありますが、親が小児科を開業しているので継ごうと思って」

「そうなんだ。とりあえず1ヶ月は外科で頑張ろうね」

「はい。よろしくお願いします」

神谷君は有名大学出身のエリートだった。研修医なのに堂々としていて、僕はすごいなと感心する。少し羨ましいとも思う。

東国《とうごく》病院の外科では、外科志望の研修医以外は、とりあえず1ヶ月間勝手に学んでください、という感じでほとんど相手にされない。実際、僕がここに来てから3ヶ月で3人の研修医が回ってきたが、3人とも気がつけば外科研修を終えて、今ではほかの科の研修に入っている。外科研修中の彼らを手術室で見かけることすらほとんどなかった。

ここではみんな自分が生き残るのに必死で他人を構っている暇はないのかもしれない。かくいう僕こそ人に構っている余裕はなく、研修医の指導などとてもできる状況ではない。神谷君もおそらく静かにこの1ヶ月を過ごし、最低限の外科研修を終えて小児科医になっていくのだろう。もったいないなと思う。僕自身、外科志望ではなかったにもかかわらず、石山病院での外科研修で長谷川先生に手取り足取り指導していただいたおかげで、今ではこうして外科医としての一歩を踏み出している。

研修医時代は、志望科はあってないようなものである。初期研修が始まる前と後で志望する科が変わるということはよくあることだし、いろいろな科をフラットな気持ちで研修して、自分の将来の可能性について見直すことができるというのは初期研修のメリットだ。

神谷君が最終的に小児科を選択することになったとしても、少なくともこの1ヶ月は外科医になるつもりで取り組んでくれたらいいなと思う。もっともそんなことを言う立場にもないため、この思いは心に留めておいた。

東国病院には毎年20人以上の研修医がやって来る。数が多いため指導医が丁寧に教えてくれるというよりは自分で能動的に学んでいくという研修スタイルである。一方で、僕が研修した石山病院は研修医が3人しかいないため1人1人を大切に育ててくれる病院だった。もっとも病院の規模が異なり、学べる内容も違うので、一概にどちらの研修が優れているというようなことは言えない。大手予備校と個人塾みたいなものので、人それぞれに向き不向きもある。

「執刀は2回目だよね。とりあえず1時間はあげるからできるだけ頑張ってみて」

「はい。頑張ります」

今日の指導助手は7年目の畠先生だった。

僕は手術室に入ってからも、手術が始まる直前まで自分のノートを見直して手順やチェックポイントを確認する。背後に視線を感じて振り返ると神谷君が僕のノートを覗き込んでいた。

「神谷君、よろしくね」

僕は恥ずかしくなってノートを閉じ、ごまかすようにそう言った。

「はい、よろしくお願いします」

手術は3人の医師で行うのだが、その3人目に早速神谷君の名前が入っていた。彼は色白でスラッと背が高く細いフレームのメガネをかけている。いかにもエリートといった風貌。手術着を着るとより細さや白さが際立って、正直あまり外科医らしくはない。

「これが胆嚢管で、これが胆嚢動脈ですよね？」

神谷君はモニターのCT画像をクルクルと動かしながら僕に質問する。

「そうそう、この2つにそれぞれクリップをかけて切る。あとは胆嚢を肝臓から剥がせばきれいに取れるんだ。まあ、口で言うのは簡単なんだけどね」

神谷君の質問に簡単に答える。それにしてもいきなりCTを見て質問してくるところがさすがエリート。

「そろそろ手洗いに行こうか」

患者に麻酔がかかって準備が整った。さあいよいよ勝負が始まる。

消毒されたお腹の部分だけが切り抜かれた滅菌の布・オイフを、患者の全身にかける。そして、その上に電気メスや腹腔鏡カメラなど必要な道具を置いていき、手術がしやすいように環境を整える。今日は僕が執刀医だからリードしていかなければならない。

「電気メスはもう少し頭側に置いたほうがいいよ」

「これだとコードが短すぎてカメラがうまく操作できないから、もう少しコードを延ばして」

外科医になりたての僕にとっては準備も簡単なことではない。畠先生にいろいろと修正されながらたどたどしく準備を進める。

「ではタイムアウトをお願いします。藤本功さんで胆嚢結石症に対して腹腔鏡下胆嚢摘出術を行います。手術時間は2時間くらいで、出血量は少量です。よろしくお願いします」

タイムアウトをスムーズに終える。

「メスください。それではお願いします」

僕はそう言って患者さんのお臍にメスを入れる。

「お願いします」

畠先生や周りのスタッフも僕に倣って声を出す。神谷君もワンテンポ遅れて「お願いします」と小さく言った。

「まずはここにガーゼを置いて、胆嚢の頸部の視野を確保します」

「ここのレベルから漿膜《しょうまく》を切っていこうと思います」

手術は順調に進む。前回とは違って自分のペースで進んでいる。

「いい感じだね」

畠先生もプレッシャーをかけずに見守ってくれる。

「胆嚢動脈、胆嚢管が出たのでクリップして切離します」

山は越えた。あとは肝床部《かんしょうぶ》の剥離を進めて胆嚢を摘出するだけだ。

この時、1時間10分が経過していた。

「もう最後までいっちゃおうか」

「はい」

こうして僕は2回目の執刀を完遂することができた。手術時間は1時間30分だった。もちろん、上級医が執刀すればこの手術は1時間程度でできるし、畠先生に助けられたところもかなりあった。炎症がほとんどなく、手術自体が簡単だったこともある。しかし、自分で最初から最後までできたという事実は自信になった。今やっていることは間違ってない。

「2例目で完投とはすごいね。僕は10例目くらいでやっと2時間かけて完投させてもらったから」

畠先生はそう言ってくれた。畠先生は若手だが、今では大腸癌や胃癌、膵臓癌などの大手術の執刀も任されるくらい優秀な先生だ。そんな先生から褒められるのは気分が良かった。

「山川さん、お疲れ様です」

夜、いつものようにその日の復習をしていると、私服姿で鞄を持った神谷君が声をかけてきた。

「おお、神谷君。遅くまで残っているんだね」

「はい、研修医はみんな、いつもこのくらいの時間まで残って自習しているんです」

「そうなんだ。ここの研修医はみんな優秀だし熱心だよね」

僕だったらとてもついていけないなと思いながら答える。

「そうですね。でも僕は全然で」

「そんなことないよ。今日だっていきなりCTの所見について質問してくるとは思わなかったよ」

「実は先に外科を回った研修医に何を質問すればいいか聞いておいただけで」

「そっか。でもそうやって準備するのは立派なことだよ」

僕は本心でそう答える。ましてや、神谷君は外科志望ではない。それなのに積極的な姿勢を見せるのはすごいことだ。

「違うんです。僕は本当に面倒くさがり屋で勉強もしたくないからその場しのぎの方法を同期から教えてもらって。今日もみんなが残っているから合わせているだけで、漫画を読んだりネットで暇つぶしをしたりしていたんです」

神谷君はどこか卑屈になっている様子だった。僕にとっては、優秀でエリートで普段から飄々としている神谷君に悩みがあること自体が意外だった。

「僕もその気持ち分かるよ。今はこうやって毎日遅くまでやっているけど、初期研修の時は全然だった。周りが優秀だったからなんとか合わせていたけど。今の神谷君と似ているかもしれないね。神谷君は頭がいいし大丈夫だよ。やる気が出ない時もあるよ。でもきっと来年の今頃は子どものことを一生懸命に考えていて、周りからは東国病院小児科のホープと呼ばれていると思うよ」

「そうだといいんですけど」

「大丈夫だよ。じゃあまた明日」

そう言って僕は再び机に向かう。僕が誰かを励ますとは。自分でも意外だった。

「これ、今日のビデオですか？」

神谷君はまだ後ろに立っていた。

「うん。今日の手術は今日のうちに復習することにしているんだ。そうじゃないとどんどん溜まっていくからね」

「一緒に観させてもらってもいいですか？」

「いいよ」

本当は1人で復習をしたかったが、そう言われると断れない。仕方なく一緒にビデオを観ることにした。

「ここでこうすれば良かったんだよ」

後輩と一緒に観るからには解説もしないといけない。でもそうして話しながら観るのは悪くなかった。解説することが勉強になるし、ぼーっとする時間が減るため能率が上がるということも分かった。

「よし、終わった。ありがとう。良かったらまた一緒に観よう」

「はい、とても勉強になりました。またお願いします。ありがとうございました」

そう言うと神谷君は帰って行った。

僕は復習した内容をノートに書き留める。かわいい後輩ができた。後輩と言えるほどの関係ではないけれど。

僕が執刀2例目で完投したことが、外科の中で少し話題になった。

「この前の手術、うまくいったみたいだね」

「すごいよ、その調子だよ」

「よく頑張っているね」

上の先生からお褒めの言葉をたくさんいただいた。

「いえ、畠先生のおかげです」

言葉少なに謙遜したが、そう言われると僕は案外センスがあるのかもしれない、と思ってしまう。

「山川君、手術うまいみたいじゃん」

東《あずま》さんにも言われた。これに対しては「そんなことないよ」とだけ返した。同期は複雑なので迂闊なことは言えない。

ただ、あくまで腹腔鏡下胆嚢摘出術を完投させてもらっただけのことだ。大きな手術を執刀したわけでもなければ自分の力で完遂したわけでもない。これで浮かれるようなことはない。むしろこの次が大事。

僕たち専攻医1年生に執刀のチャンスはなかなか回ってこない。特に東国病院の役割が癌などの大手術がメインであるため、そもそも研修中の僕たちが手を出せる手術はそれほど多くない。それはここに来る前から百も承知だったけど、手術が好きで、手術がしたくて外科医になった。外科は競争の厳しい世界なので外科医になることに不安はあったが長谷川先生の一言が後押しとなった。手術を見るのも好きなのだが、それはいつか自分がやる時がくると思いを馳せるから楽しいのだ。最先端の手術が見たくて、広い世界が見たくて、僕はこの病院を研修先に選んだのだ。

僕にとって手術を見学したり、助手で手術に入ることが修行であれば、たまにさせてもらう執刀はご褒美だった。たまのチャンスで結果を出せなければ次のチャンスは遠のく厳しい世界であるため、執刀はプレッシャーもかかるが、それを上回る喜びがあった。

「違う違う。そこじゃなくて、もっと右側だよ」

「もう少し左手の鉗子を手前に引いて」

「そうじゃないんだよ」

「……」

「全然違う。交代」

2度目の執刀ではそれなりにうまくいったが、その後は悪戦苦闘が続いた。完遂できて安心したわけでもないし奢りがあったわけでもない。勉強はずっと続けているし、新しい知識や技術を日に日に身につけているはずだが、なかなか結果には現れなかった。安定した実力をつけるにはまだまだ時間が必要ということだ。

「手術って難しいですね」

神谷君が言った。落ち込んでいる僕を励まそうとしているのかもしれない。

「そうだね。なかなかうまくいかないな」

「でも3年目で執刀されていること自体が僕にとっては驚きでした」

「確かに、去年の今頃、1年後に自分が手術を執刀しているとは思っていなかったな」

ほんの1ヶ月前に初執刀したばかりだが、今では当たり前のように自分が執刀するチャンスを窺っている。1ヶ月後にはどうなっているのだろう。今僕は猛スピードで外科医への道を歩んでいるのかもしれない。

「山川さんはなるべくして外科医になったという感じですよね」

「そうかな。自分では気が弱いし向いていないと思うことも多いけどね。というか、僕は最初外科志望じゃなかったんだよ」

そう言いながら簡単に外科医を目指した経緯について話した。

「山川さんが外科志望じゃなかったなんて意外です。山川さんを見ていると手術って楽しいんだろうなと思ってしまいます」

「そう？　怒られてばかりだけど？」

僕は神谷君の言葉を軽く受け流したが、外科医に向いていると言われるのは長谷川先生以外では初めてで内心はとても嬉しかった。

「でも、確かに手術は楽しいよ」

手術が好きで外科医になってよかった。そんな意味を込めて僕は言った。

うまくいったのは2回目の執刀の時だけであとは怒られてばかり。助手に入っても怒られてばかり。その時は本当に辛い。でも辞めようとは思ったことはない。

「またいろいろと教えてください」

「うん、一緒に勉強しよう」

僕の手術への思いを伝えると、神谷君は帰って行った。

ここ最近の僕の手術のできはあまり良くなく、決して順調とは言えない。それでもとにかく前を向いた。ひたすらノートを書いて、次は上手くいくことを信じた。

苦手なこと

病棟では患者さんの状態を見極めて、創（傷）の消毒やガーゼ交換などの処置を行ったり、術後の点滴や食事再開、退院許可などの指示を出したりしなければならない。

僕はまだ外科医になって間もないので決定権はなく、何かをする時は必ず上の先生の指示を仰いで許可を得る必要がある。

「○○さんなんですが、食事を再開してもよろしいでしょうか？」

「どう思う？」

「血液データもレントゲンも問題ないので大丈夫かと思います」

「ほかに見るべきところはない？」

「そうですね、お腹の痛みは改善傾向です」

「水分を摂ってみて吐き気はない？」

「ないです」

「排ガスはあった?」

「はい、ありました」

「じゃあ、腸が動き始めているということだから3分粥から始めてみようか」

「はい。では食事の指示を出しておきます」

なるほど。腸が動き始めれば食事を再開してもいいのか。腸が動き始めていることを確認するために、吐き気がないか、排ガス・排便はあるか、レントゲンでガズが溜まっていないかなどをチェックするのか。

「○○さん、今日の昼食から3分粥で食事の再開をお願いします」

早速病棟で看護師さんに指示を出して、そのまま病室に向かう。

「お腹も動き始めているので、今日のお昼から食事を始めましょうか」

患者さんに対してはあたかも自分で判断したかのように振る舞う。

「もうご飯が食べられるんですか?」

「はい、食べられますよ。食べてみて吐き気がしたり、お腹が痛くなったりしたら教えてくださいね」

こうして患者さんを通して上の先生から知識を得る。これを繰り返して少しずつ自分で判断できることを増やしていく。

しかし、いつもうまくいくとは限らない。

「○○さん、血圧が少し高いみたいなので、降圧剤の点滴を開始したほうがいいと思うのですが」

荒木先生のＰＨＳに電話をかける。荒木先生は8年目の女性外科医だ。

「分かってる。今忙しいから切るね」

日中は手術でなかなか先生が捕まらないため、タイミングを見計らって早朝か夕方以降に連絡する。しかし、このぐらいの若手外科医は本当に忙しい。ある程度の経験も積んでいるし、体力もある。もっと経験を積みたいという意欲もあるので、症例がどんどん回ってくる。

「僕がやっておきましょうか」

「私が後でやるからいい」

何か僕にできることがあればやりたい。そう思って聞いてみたが、荒木先生にあっさりと断られる。少し落ち込む。

患者を受け持つ医師には、「主治医」と「担当医」がいる。文字通り主にその患者を担当するのが主治医である。外科では手術の執刀医が主治医になることがほとんどだ。そして、助手として手術に入った医者が担当医になる。つまり、僕は担当医として患者を受け持つことになる。

基本的には主治医が中心になってその患者さんを診るのだが、先生によってスタンスはまちまちで、担当医に全て任せる先生もいれば、全部自分で管理したい先生もいる。そのあたりは空気を読んで動かなければいけない。

「お臍のところが少し痛むのですが」

ある朝、回診で荒木先生と一緒に担当している患者さんのお臍の創を診ると、赤く腫れていた。これは創感染だ。処置が必要である。

「荒木先生はもう来ましたか？」

「いいえ、まだです」

「処置が必要になると思うので、荒木先生と相談して処置させてもらいますね」

すぐに荒木先生に報告しようかと思ったが、創感染は急を要する状況ではない。前の件でPHSには連絡しづらいということもあって、直接会ったタイミングで荒木先生に相談することにした。

僕は自分の担当患者さんの回診を続けることにした。

回診を終えると、カルテを記載する。病棟のカルテは看護師さんと先生で全て埋まっていたため、医局に戻ってカルテを書くことにした。この間、荒木先生の姿は見当たらなかった。

『臍部創《さいぶそう》に発赤腫脹《はっせきしゅちょう》、痛みあり　創感染疑い　山川』

先ほどの患者さんのカルテにはこう書いておいた。担当患者さんは20人以上いることもあり、誰がどんな状況かが分からなくなることがあるため、自分のためにもしっかり記載しておく必要がある。

カルテを書き終えると手術が始まるまでの間、予習をして過ごす。病棟の業務も大事ではあるが、外科医の仕事のメインはあくまでも手術だ。すぐに手術に頭を切り替えた。

その日の手術を終えると、再び回診に向かう。今日もあと少しで1日が終わる。夕方の回診の時、僕はいつもそう思っていた。

病棟の詰所のカルテに自分のＩＤとパスワードを入れてログインする。回診前に、看護記録を読んでその日の患者さんの様子について簡単に確認しておかないといけない。自分の担当患者一覧の画面を開く。

（そういえば、創感染の人はどうなったのだろう）

すっかり忘れていた。カルテを開くと、『臍部創感染　切開ドレナージ施行　しばらく抗生剤点滴を行う　荒木』と記載されていた。ドレナージとは、創の直下の皮下組織や腹腔内などの外気から遮断された閉鎖空間に感染が起こって膿瘍などを形成した場合、創を開いたりドレーンと呼ばれるチューブを入れたりして膿瘍を外に排出する処置のことだ。

（ヤバい。どうしよう）

もうすでに処置がされている。僕は慌てて荒木先生の電話を鳴らす。

「もしもし」

声がすでに怒っている気がする。

「○○さんの創ですが、もう処置していただいたみたいで、報告できなくてすみません」

「どうして朝、言わなかったの？」

「言おうと思ったのですが、ほかのことをしているうちに忘れてしまいました。すみません」

「気づいたらすぐに言わないと」

背後から声がして振り返ると荒木先生がいた。

「すみません」

「今から○○さんの創を診に行くけど一緒に行く？」

「はい。お願いします」

「私は先に行くから、処置カートを持ってきて」

「分かりました」

どうやらそこまで怒っていないようだ。僕はホッとして、処置カートを取りに行く。

「今はこんな感じにしているんだ」

荒木先生は創を覆っていたガーゼを外すと僕に説明を始めた。創を縫い合わせていた糸が外されて創が大きく開かれていた。

「ドレナージは見たことある？」

「いえ、初めてです」

「生理食塩水とガーゼをとって」

「はい」

僕は処置台から物品をとって荒木先生に渡す。

「こうやって抜糸して創を開けて膿を出して中をきれいに洗う」

そう言うと、荒木先生は勢いよく創を洗った。患者さんは苦悶の表情を浮かべている。

「次にガーゼで中をきれいに拭く」

鑷子《せっし》でガーゼをつまむとこれも勢いよく創に押し込む。患者さんはまたもや苦悶の表情になる。

中に入れたガーゼを取り出すと膿で汚れていた。

「生理食塩水で洗うだけだとどうしても奥が洗えないから、こうやってガーゼで洗わないといけないの。やってみて」

「はい」

僕は荒木先生から鑷子を受け取るとガーゼをつまんで恐る恐る創を拭く。

「そんな洗い方じゃダメ。手加減したらなかなか治らないよ」

「はい」

僕は少し強めにガーゼを奥に押し込む。

「痛い」

患者さんが悲鳴を上げる。

「もっとしっかり洗わないと」

荒木先生は僕から鑷子とガーゼを取り上げて、さらに奥に押し込む。

「痛いです」

「早く良くなるためなので頑張りましょう」

荒木先生は冷たくそう言うと、容赦なくさらに奥までガーゼを押し込んだ。

ガーゼを奥に押し込んでは取り出してを何度か繰り返して、汚れが少なくなってきたところで、最後にきれいなガーゼを押し込んで上からテープを貼って固定する。

「これを朝夕2回、しばらく続けますね」

「はい」

患者さんは観念したように力なく返事をした。

「ドレナージの仕方は分かった？」

病室を出ると、荒木先生は僕に言った。

「はい」

「次からできるよね？」

「はい」

創感染に対しては洗浄ドレナージ。痛がっていた患者さんには悪いが、おかげで僕の手札にカードが一枚増える。今は毎日のように初めての経験をする。1つ1つものにしていかなければいけない。

荒木先生は僕にいろいろと教えようとしてくれているのに、僕はその荒木先生を怖がって報告を後回しにしてしまった。そこは反省しなければいけない。

それ以来、僕はより積極的に上の先生に相談し、必要と判断すれば自分で処置をするようになった。

「○○さんですが、術後7日目なのでステープラを抜鉤《ばっこう》しておきますね」

「おう、よろしく」

「○○さん、もう食事も全量摂取できていますし、そろそろ退院できると思うのですが」

「じゃあ退院許可を出して、僕の外来に予約を入れておいて」

「分かりました」

積極的に相談することで、自分もチームの一員として働いているという貢献感のようなものが感じられた。

「○○さん、炎症が遷延《せんえん》しているのですが、どうすればいいでしょうか？」

「造影CTを撮ってみようか」

「はい。そうしてみます」

分からないことがあっても、素直に聞けば対策を教えてもらえた。

聞いてもいいんだ。聞けばいいんだ。これからは勇気を出して聞くことにしよう。

「山川さん、今日の回診について行ってもいいですか？」

朝、回診の前に病棟でカルテをチェックしていると、神谷君が声をかけてきた。

「あれ、神谷君早いね」

神谷君は外科研修の間、主に手術見学や助手に入って手術の勉強をしていた。手術に入った患者さんを一緒に担当はしていたが、朝早くから診察してカルテを書いたり検査のオーダーや薬の処方までは研修医には求められていない。そのため、朝の回診時に病棟で神谷君を見ることはなかった。

「昨日、救急当直だったので、そのまま病棟に来ました」

「そういうことか。じゃあ一緒に回ろうか」

東国《とうごく》病院の救急当直は忙しい。おそらく昨日は一睡もできなかっただろう。東国病院では、研修医は働き方改革の影響で当直明けは強制的に休む制度になっているのが救いである。

「偉いね。当直明けはそのまま帰ってもいいのに」

「なかなか上の先生と一緒に患者さんを診る機会がなくて。先生方がどんなふうに術前術後の回診をしているのか見てみたくて。山川さんがいればお願いしやすいなと思っていたらビンゴでした」

「そっか。タイミングが合って良かった」

神谷君は、自分では不真面目というようなことを言ってたけど、真面目だよ。回診を見てみたいなんて。真面目だし、肝も座っている。物怖じしない。僕が研修医だったら上の先生に会うのが嫌で絶対に当直明けに病棟に上がってきたりはしない。

「お腹の痛みはどうですか」

「だいぶマシになりました」

「今日のお昼から食事が始まりますので楽しみにしていてくださいね」

僕はいつも通り回診を行う。

「手術後なのにすぐにご飯を食べられるんですね」

「うん、採血やレントゲン、お腹の所見で、腸が動いている様子があれば少しずつ食事を始めていくんだ」

僕は最近学んだことをあたかも前から知っていたかのように答える。

「なるほど」

神谷君は熱心にメモを取っている。

「創の診察をしますね」

次の患者さんの創を診察する。わずかに赤く、透明の液体が出ているが、明らかな膿ではなかった。

「傷が少し痛みます」

「術後なのでしばらくは痛みがあると思いますが、少しずつ良くなっていきますので今は薬で痛みを抑えましょうね」

そう言ってガーゼで保護しておいた。

「創感染が起こったら創を開いてドレナージするんだけど、あのくらいなら、たぶん術後の経過で問題ないと思う」

僕は神谷君に解説する。これも最近荒木先生から学んだばかりの知識である。

こうして朝の回診を終了した。いつも1人で回っているところを2人で回るのは楽しかった。神谷君も熱心についてきてくれたので一緒に回った甲斐もある。

「お疲れ様。良かったらまた一緒に回ろう」

「はい。勉強になりました。またよろしくお願いします」

神谷君はそう言うと帰って行った。

「山川くん、今どこにいるの。病棟に来て」

神谷君との回診を終えてしばらくすると、荒木先生から電話がかかってきた。

「はい、分かりました」

何があったのだろう。見当がつかない。

「○○さんの創を診ておかしいと思わなかったの」

先ほど回診で創を診た患者さんのことだった。

「少し赤かったのですが、膿も出ていなかったので術後の経過で問題ないかと思いました」

「あれは、創感染だよ」

「え、そうなんですか。すみません」

「分からないんだったら聞かないと。適当な判断をして悪くなったらどうするの」

「すみません」

僕は間違った診断をしてしまった。曖昧なことがあったら上の先生に確認を取らないといけない。若手医師はみんな研修医の時にそう教えられている。自分のミスが患者さんの命に関わるのだ。経験が浅いうちはとにかく上司に確認することが重要である。分かってはいたが、できなかった。

そもそも曖昧なことが何なのかも判断できない。何をするにしてもひとまず誰かに確認して共有しておく必要があるのかもしれない。とはいえ、僕は初期研修医ではない。そこが難しいところ。

「○○さんが便秘気味なのですが、緩下剤を使ってみるのはいかがでしょうか」
「それくらい自分で判断できるでしょう」
「すみません、やっておきます」

外科医としてはまだまだひよっこだとしても医者としてできることはある。できることは自分でやらないと、何でもかんでも聞くなとなる。

「この患者さん、もう食事を全量摂取できているので明日からは点滴を切っておきました」
「あなたは主治医なの？　勝手にやらないで」
「すみません」

確かに僕は主治医ではない。主治医の意見を聞かずに勝手にやるのはよくない。

「やっておきましょうか」「私がやるからやらなくていい」
「自分で判断して処置をしました」「適当なことをして悪くなったらどうするの」
「これをしてみるのはどうでしょう」「それくらい聞かなくてもできるでしょう」

「点滴を切っておきました」「あなたは主治医じゃないでしょう」

荒木先生に言われたことを振り返る。

結局、僕はどうすればいいのだろう。考えても分からない。僕の頭は完全に混乱してしまった。

唯一うまくいったのは、創感染に気づいてカルテには書き込んだけど、連絡を躊躇っているうちに報告するのを忘れてしまった時だ。あの時は、一緒に回診につかせてもらって手取り足取り教えてもらえた。

なんですぐに言わなかったのかと問いつめられはしたけど、どうせ僕の回診の後に上の先生も回診する。余計なことをしないためには、気づいたとしても言わずに上の先生が気づいてから指示を仰いだ方がいいのかも知れない。

僕はそう結論づけた。どう振る舞えばいいか分からないから気づいても何もせず上の先生の判断を待つ。それが、先輩を立て、かつ診療を円滑に進める上で必要なことだと思った。歯車は狂いはじめていた。

「この下に見えている血管が下大動脈で、今回はD3郭清《かくせい》だから、次に出てくる下《か》腸間膜動脈《ちょうかんまくどうみゃく》を根部でクリップをかけて切るのだと思うよ」

「なるほど。下腸間膜動脈を根本で切れば、253リンパ節が取れるからD3郭清になるわけですね」

この日の午前中は担当の手術がなかったため、手術の見学をしていた。横で一緒に見学している神谷君を放っておくわけにもいかず、時折解説をしながら手術を見ていた。教科書を開いては、自分の知識を確かめるように神谷君に話しかけた。

そうしていつも通り調子よく手術を見ていると、手術室のドアが開いた。誰かな、と思って見ると、ドアが開いた先に荒木先生が立っていた。

目を三角に吊り上げた荒木先生は僕を見るなり早足で近づいてきた。これは怒られる、と思った。

「山川君、こんなところで手術を見学している場合じゃないでしょう。患者さんがお腹の痛みを訴えているのに放っておくの」

荒木先生は手術室に響き渡るくらいの声で怒鳴った。手術室はおいおい、何かあったのか、という空気になる。

朝の回診で、ある術後患者さんが腹痛を訴えていた。僕は何か合併症が起こっていると思ったが、荒木先生が回診するまで待つことにした。カルテには腹痛のことは書いたが、それがなぜ起こっているのか、どうすべきなのかについては分からなかったので書かなかった。荒木先生が回診を終えたのはおそらく30分以上も前で、何も言われなかったので、さほど気にすることではなかったのだろうと思っていた。

「いえ、すみません」

「すみませんじゃないでしょう。どうして報告しなかったの」

気づいても何もせず上の先生の判断を待つ。それが得策だと思うからです、とは言えるわけもない。そもそもそれが得策のはずがない。事が起こってから、そんな当たり前のことに気付く。

「CTとかオーダーしたほうがよろしいでしょうか」

「もう全部やったよ」

「すみません」

もう取り返すチャンスはなかった。

「いつ聞いてくるのかと思ってちょっと待っていたのに、こんなところで呑気に手術を見ているなんて、一体どういうつもりなの。あなたの患者さんじゃないの？」

「すみません」

「気づいたらすぐに言うようにこの前言ったところだよね？　そんなこと常識でしょう？　山川君、この4ヶ月で何を学んだの？　同じことを何回も言わせないで」

一気に色んなことを言われた。荒木先生は言い終えると手術室を出て行った。

僕は少し思考停止した後で慌てて荒木先生の後に続いた。神谷君が心配そうにこちらを見ている。手術室内は凍りついている。

完全に終わった。

カルテを開くと、血液検査とCTの検査がオーダーされており、食事は昼から中止になっていた。

『腹部：圧痛、反跳痛《はんちょうつう》あり　熱発あり　縫合不全の疑い　CTで精査　一旦絶食　検査結果を見て緊急手術も検討　荒木』

縫合不全。大腸癌など腸を切除して繋ぎ直す手術をした後に、繋ぎ目が裂けて便や腸液が腹腔内に漏れる合併症だ。緊急手術が必要になることもある重篤な合併症である。

患者さんがそんな危機に瀕している時に僕は見て見ぬ振りをした。自分を守ろうとしたのだ。

その日を境に僕は今までのように研修ができなくなってしまった。

どうしても目線が足元に向いてしまい、前を向けない。自分が恥ずかしくて人と目を合わせられない。

「最近暗いけど大丈夫？」

「大丈夫か、無理するなよ」

先輩方は僕を見ると心配そうに声をかけてきた。声をかけてこない先輩もみんな僕を憐れみの目で見てくる。全員が敵に見える。自分が浮いた存在であることを直視するのが怖くて、前を向けない。

「山川君は手術には一生懸命だけど、病棟業務をもっとしっかりやらないとね」

このようにアドバイスしてくる先輩もいた。

僕は病棟業務を疎かにしたつもりはない。手術が好きで外科医の道を選んだが、術前術後の管理は手術以上に大切にしたいと思っている。外科医の中には、手術がうまければいいという考えの人もいるが、僕はそうじゃない。でも結果的にそう思われても仕方がないことをしてしまった。

ただ、あの時僕は八方塞がりだった。相談してもダメ、相談しなくてもダメ、自分の判断で何かをしてもダメ、自分で判断できなくてもダメ。何かに気づいても何もしないという選択肢しか残されていなかった。正確には、腹痛があることを報告して、「手術後だから当たり前」とか「あのくらい大丈夫でしょ」とか言われることに、耐えられる自信がなかった。だから、動かないことを選んだ。

これからどうすればいいいんだろう。

「こっちだ、こっち」

「……あ、はい」

手術中であることを忘れて考え事をしてしまう。

「もっとカメラを近づけて」

「執刀医が何をしたいのか考えないと」

「はい、すいません」

いろいろと指摘されながら腹腔鏡を操作するのは変わらない。そうやってアドバイスを受けながら少しずつ上手になっていく過程が辛くも楽しいはずだった。それなのに、今は何を言われても脳に届かなかった。自分だけがこの世界から隔絶されたような感じがして、現実味がなかった。

「もう手を下ろしてもいいよ」

「すみません」

手を下ろすということは手術から外れるということだ。明らかに集中力を欠いていた僕は手術中にメンバーから外された。こんなことは普通ありえない。どれだけ下手でも一生懸命やれば怒られながらも最後まで助手に入れてもらえるものなのだ。もちろんこんなことは今までに一度もなかった。それなのに僕は外されても何とも思わなかった。


食事が喉を通らず、夜も眠れない日々が続いた。朝、家を出るのにかなりのエネルギーが必要だった。病院までの道のりは憂鬱だった。日中は寝不足で頭がぼーっとしていた。

しかし、いつまでもこうしてはいられない。何が正解かなんて分からない。とにかく、自分のやるべきことをやろう。

「昨日はよく眠れましたか」

「いえ、あまり眠れませんでした」

「手術中は麻酔で眠れるから大丈夫ですよ」

僕も最近はあまり眠れていない。でも大丈夫。回診して患者さんと話をしているうちに気が紛れた。患者さんはもっといろいろな不安を、それこそ僕の想像が及ばないような不安を抱えて入院し、手術の時を待っているのだ。

気が重い状態は続いたが、なんとか折り合いをつけながら淡々と仕事をこなすことに集中した。

「○○さん、なかなか離床が進まないのでリハビリのオーダーを出そうと思うのですが、いかがでしょうか」

「○○さん、高度の糖尿病があるので、糖尿病内科に対診依頼しようと思うのですが、よろしいでしょうか」

間違っていようが、怒られようが、僕にやるべきことがあるはず。気づいたことを報告し、自分なりの意見を言って、判断を仰ぐ。怒られたくないという精神はもう捨てた。

一方で、かなり無理している自分もいた。気が弱い僕は、先輩に話しかけるだけでも勇気がいった。最初は怖いもの知らずでどんどん質問できたことが、怖さを知った今はそうではない。1日に何度も先輩に相談しなければならないのは精神的負担が大きかった。

外科医を続けていくのは難しいかもしれない。なんだかそんな雰囲気が漂いはじめていた。もちろん、僕の中だけで。

夏休み

「悠、もうお昼過ぎだよ。そろそろ起きたらどうなの?」

「……うん」

部屋の時計を見ると、すでに午後1時を回っていた。

重たい体をなんとか起こして、洗面所に向かう。

「ご飯食べる?」

「うん」

母の声に小さく返事をしてから、顔を洗って寝癖を整えた。

寝巻きのまま食卓に座り、昼ご飯が出てくるのを待つ。

「はい、どうぞ」

食卓に焼き魚と味噌汁と白米が並べられる。

「いただきます」

起きてすぐにこんなにちゃんとしたご飯を食べるのはいつぶりだろう。

久々の朝食（昼食？）にお腹がびっくりしたのか、あまり箸は進まなかったが、時間をかけてゆっくりと完食した。

「どう？　東京での生活は」

「少しずつ慣れてきたって感じかな。家と病院の往復だけだからあんまり都会で生活している感じはしないけど」

「悠はどうせ時間があっても都会を楽しめないでしょう」

「そうかもね」

お盆が終わった頃、僕は夏休みをとって実家に帰省していた。

東国《とうごく》病院では、医師は1週間の夏休みがもらえる制度になっており、ほかの先生と被らないように順番に休暇を取った。普段は特別な用事がない限り有給休暇を取ることは難しい。土日もまるまる1日休めることはまずない。しかし、夏休みに関しては、ほかの医師に仕事を全て任せてしっかり休もうという体制をとっていた。みんなこの夏休みを利用して、海外旅行や家族サービスなど、普段疎かになっているプライベートに力を注ぐ。

僕も担当患者さんを上の先生方に任せて夏休みに入った。しかし、仕事のことで手一杯で夏休みの計画を事前に立てることができなかった。この1週間のスケジュールは全くの白紙だ。

4月に上京した当初は、都会生活やこれからの自分の未来に明るい希望を持っていた。現実は、家と病院の往復だけで都会生活を楽しめているとは言えないし、手術もそう簡単には上達しない。その中でも患者さんを受け持たせてもらったり、初執刀を経験したり、確実に一歩ずつ外科医の階段を登ってきた。我ながら充実した日々を送ってきたと思う。飲まず食わず、さらには寝ずの日もあったが、充実していたからこそ、乗り越えられた。

しかし、例の一件で状況が一変した。手術に集中できなくなり、上の先生の顔色を窺うようになった。最近ではどう振る舞っていいか分からず、自分が分からない。精神的に辛くなり、夜も眠れず朝も起きづらい。今まで気にならなかった疲労も強く感じるようになった。もう限界だった。予定はなくともこのタイミングで夏休みに入ることができたのは本当に救いだった。夏休み明けに病院に戻れる自信はない。

「今日は1日家にいるの？」

母は掃除や洗濯などを終えると、まだ寝巻きのままでぼーっと高校野球を観ている僕に向かって話しかけてきた。

「うん」

「向こうではほとんど休めていないの？」

「そうだね。病院にはほぼ毎日行っているよ」

「そう。頑張っているのね。せっかくの休みなんだからゆっくりしていきなさい」

「うん、ありがとう」

僕はそう答えると、母の優しさに甘えてソファに横になった。

気がつくとそのまま寝てしまっていた。

どのくらいこうしていたのだろう。目を開けて部屋の掛け時計を見ると短針が4を指していた。見間違いかと思い、手元の携帯電話を見たが、やはり4時だった。朝寝坊したというのに、また2時間近く寝てしまった。今日はもう寝るための日にしようと目を瞑ったが、さすがにもう眠りにつくことはできなかった。

仕方なく、体を起こす。寝過ぎたせいか頭が痛かった。

（そういえば、さっき携帯電話で時間を確認した時にメールが入っていたな。誰からだろう）

そう思って携帯電話を開いて、メールの受信ボックスを開くと、そこには早坂の名前があった。

早坂は同期の泌尿器科医だが、4月に初めて会った時から仲良くやっていけそうな雰囲気を感じていた。お互いに忙しく、なかなか話す機会はなかったが、院内で見かけるたびに、早坂も頑張っているんだな、と刺激を受けていた。おそらく向こうも同じで、僕たちはお互いに気になる存在だったと思う。

『お疲れ様。研修は順調？　時間がある時に飲みに行こうよ』

早坂からのメールは飲みの誘いだった。

『いいね。僕は夏休み中で今週ならいつでも大丈夫だけど、そっちはどう？』

僕はすぐに食いついた。そういえば、東国病院での研修が始まってからほとんどプライベートで人と話をしていない。誰かと話がしたかったのかもしれない。

『実はおれも今夏休みなんだ。ちょうどよかった。じゃあ明日とかどう？』

『分かった。じゃあ明日にしよう』


「久しぶり」

早坂は半袖に短パンというラフな格好で現れた。私服姿の早坂は新鮮だった。

「久しぶり。とりあえず入ろうか」

僕たちは予約しておいた病院の近くの焼肉屋さんに入った。

「せっかくの休日なのに、どうしてこんな病院の近くの店にしたんだよ」

席につくなり早坂は小声でそう言った。

「ここのお店、前から気になっていたんだ。ネットでも評価高いし。でも一緒に行ける人が早坂くらいしかいないから、今日はチャンスだと思って」

「寂しいな。しょうがないからつき合うよ」

僕は実家に帰省していたが、早坂はまだ病院近くのアパートに残っていた。だからこのお店が気になっていた僕と、このお店の近くに住んでいる早坂の両方にとって都合がいいと思いチョイスした。

「おれたちがまともに話すのって、最初に会った時以来だよな」

早坂が運ばれてきた肉を七輪に並べながら言う。

「そうだね。僕は昨日から夏休みなんだけど、全く予定がなくてどうしようかと途方に暮れていたんだ。メールをくれてほんとに良かったよ」

僕はまだ焼けていない肉を裏返したり並べ直したりしながら答えた。

「そうなの？　地元の友だちと会ったりしないのか？」

「会いたい気持ちもあるんだけど、なかなか都合が合わなくて」

実際には誰とも会いたくなくて、連絡も取っていない。物事がうまくいっていない時はそんなものだ。

「確かに周りもみんな忙しいもんな」

「早坂は夏休みどうするの？」

「おれは地元の友だちと会う予定もあるけど、メインのイベントは学生の頃から付き合っている彼女の両親に挨拶に行くことかな」

「そうなんだ。結婚するの？」

「うん。付き合って3年だし、そろそろ責任とらないとな」

早坂は肉を裏返しながら照れ隠しでそう答えた。

僕たちは社会人になってまだ3年目だが、もう年齢は20歳代後半で、結婚している同級生もちらほらいる。特に驚くようなことではなかった。

「山川は結婚の予定とかないの？」

「彼女もいないよ」

「マジ？　モテそうなのに意外だな。欲しくないの？」

「そんなことないよ。欲しいけど、今はそれどころじゃないって感じかな」

「それは仕事が大変ってこと？」

「そうだね。今は余裕がなくて仕事以外のことは考えられない」

「でも1人だと辛くない？」

「ああ、どうなんだろう」

1人だから辛いのかな。あんまり考えたことがなかった。彼女がいたらこんなに辛くはないのかな。

外科の同期の東《あずま》さんとの関係はピリピリしているし、彼女もいない。僕には今相談できる相手がいない。しいて言うなら神谷君かなと一瞬思ったけど、時々話し相手にはなってくれても、相談するという感じではない。

「早坂は彼女に仕事の話とかするの？」

「結構するよ。週に1回くらい電話するんだけど、その時はだいたい仕事の愚痴だな。誰かに言わないとやってられないよ」

「そっか。それで、実際のところ仕事は順調なの？」

「なんとかやっているよ。先輩に怒られまくって泣きそうになりながらも、なんとか耐えている」

「そうなんだ」

早坂も先輩に怒られるんだ。自分だけが怒られているわけではないと分かって少し安心する。

「山川は順調なの？」

「正直、あまり順調とは言えないかな。僕も最近ひどく怒られたことがあって……」

僕は、荒木先生に怒られたこと、担当医の立場でどう振る舞えばいいのか悩んでいることを話した。

「え、そんなことがあったの。うちの科は主治医がほぼ1人で患者を診ることになっていて、おれも主治医で患者を持っているからそんなふうに悩むことはなかったな。外科は大変だな」

「確かにこの立場は大変だけど、怒られたのは僕が悪かったからだと思ってる。反省してまた切り替えていくしかないんだけどね」

「山川は真面目だな。おれだったらそんなことがあったらいろんな人に話を聞いてもらうけどな。だっておかしいじゃん。そんなの」

僕は軽く笑いながら肉を頬張った。

僕が誰にも相談しないのは真面目だから、ではないと思う。今、身の回りに起きていることがおかしいことなのかが分からない。そして、それを愚痴って恥ずかしい思いをしたくない。たぶん、そう。

「この店、美味しかったな」

「そうだね。やっぱりネットの意見は正しいね」

「今日はわざわざ実家から来てくれてありがとうな」

「うん。また定期的に行こう」

「おう。夏休み満喫しろよ」

「そっちこそご両親への挨拶頑張ってね」

こうして僕たちはそれぞれの帰路についた。

早坂と話せてだいぶ気が楽になった。夏休み明けが不安だったが、少し勇気が出た。

「ただいま」

「おう、おかえり」

家に帰るとテレビを観ていた父が出迎えてくれた。

僕は実家での定位置である食卓の父の向かいの席に座った。

「おかえり。何か飲む？」

母も台所から出てきて出迎えてくれた。

「僕はコーヒーを頼むよ」

「僕もコーヒーで」

「2人ともアイスでいい？」

「うん」

「ああ」

僕たちはほとんど同時に頷き、母は台所に戻って行った。

「仕事は順調か？」

「まあまあかな」

昨日から実家に帰省しているが、昨夜は遅かったため父と顔を合わせたのは今が初めてだ。

「やっぱり外科医は忙しいか？」

「うん、そうだね。でもまだ勉強みたいなもので仕事をしているって感じはしないよ。去年までの2年間もそうだったけど」

「そうか。医者は膨大な知識や技術が必要だから一人前になるまでには時間がかかりそうだもんな」

「うん。外科医も10年目くらいまでは若手扱いだから」

「そうなんだ。まあ焦らずコツコツとやっていけばいいんじゃないのか」

「うん。頑張るよ」

「あとは自分を追い込み過ぎないことだな。仕事をしている感じがしないって言ったけど、勉強もお前の立派な仕事なんだ。それも織り込み済みで病院はお前に給料を払っているんだからな」

「うん」

「だから誇りを持ってやらないといけないぞ」

誇りって何だろう。少なくとも仕事をしているという実感は持てない。手術でも病棟業務でも先輩に教えてもらいながら1つずつ知識を積み重ねていっている段階だ。

まだ自分にできることとできないことの判断もつかない状況だから、戦力になっているとは言い難い。むしろ迷惑をかけている。誇りが何なのか分からないけれど、誇りを持ってやるというのは現時点では少し難しい。

「どうぞ」

話が尻すぼみになってきた頃に、母がコーヒーの入ったグラスを2つ持って戻って来た。

「せっかくの夏休みなんだからゆっくり休んで気分転換しなさい」

父はそう言って話を締めくくり、コーヒーに口をつけると、テレビのほうに向き直った。

僕は父の気遣いに感謝したいところだったが、次に言うべき言葉が見つからず、そのままにした。

夏休みは早坂と話すことができたし、あとはゆっくり実家で過ごすつもりだった。しかし、1日中家にいるのは退屈だった。かといって勉強する気にはなれなかったし、1人でどこかに出かけるエネルギーもなかった。

研修医時代に同期だった宮岡と細山は地元の大学病院で研修をしている。この2人は去年まで苦楽を共にしてきた仲間であり、2人の医療に対する意識の高さに刺激を受けて引っ張ってきてもらった恩も感じている。帰省した際には真っ先に連絡を取りたいと思っていた2人だった。

帰ってきて数日は僕自身の研修がうまくいっていないのが恥ずかしくて、連絡しないつもりだったが、実家にいる退屈さに負けて連絡を取ってみることにした。

メールを打つとすぐに返信をくれた。2人とも忙しそうではあったが、帰省していることを伝えると、時間を作ってくれた。

「山ちゃん、久しぶり」

「元気にしてた?」

「うん。2人とも元気そうだね」

僕たちは、研修医の頃に行きつけだった石山病院の近くにある居酒屋で久々に再会した。

「2人はよく会うの?」

宮岡も細山も近くの病院に勤務しているため、住んでいる場所はそれほど遠くないはずだ。そう思って尋ねてみた。

「いや、研修医の時以来だよな」

細山が確認するように宮岡のほうを見て答える。

「確か最後に会った時は山ちゃんも一緒だったよ」

宮岡もそれに頷きながら答えた。

「そうなんだ」

「働いている場所は近くても、お互い忙しくて連絡は取っていなかったな」

「うん。山ちゃんが連絡してくれなかったら、当分会うこともなかったかもね」

「それなら連絡して良かった。やっぱりみんな忙しいんだね」

「まだ専門科に進んで1年目だし、忙しいっていうよりバタバタしている感じだよ」

「うん。なんか研修医の時より何もできなくなった気分。おれ、もうカンファレンス出たくないもん」

宮岡も細山も苦戦しているようだ。でも表情は明るい。苦戦しながらも充実した日々を送っているという感じだ。

「山ちゃんはどう？　東国は大変？」

「うん。2人と同じような感じかな。手術の執刀も少しずつさせてもらえるようになってきたところ」

宮岡の質問に最低限の言葉で答える。

「天下の東国病院の外科だもんな。東京っていうだけで大変そうなのに。でもここまで耐えているんだ」

「そうだね。なんとか耐えている」

細山の陽気さにつられるように僕は笑いながら答えた。細山が近くにいればどれだけ心強いだろう。

「東国病院には外科医は何人くらいいるの?」

宮岡が聞いてくる。

「20人くらいかな」

「やっぱり多いね。しかもバリバリの外科医ばっかり。想像するだけで怖い」

「そうだね。みんなの競争意識も高いしね」

東国病院で長くやっていけるかは分からないけど、と続けようとしたが、やめた。続けると、本当に辞めることになるような気がした。

「山ちゃんは器用だし、性格がいいからどこへ行ってもうまくやれそうだけどね」

「確かに、それは言えてる」

「いや、そんなことはないよ」

同期の2人に言われると、まんざらでもない気持ちになる。

まあ、決してそんなことはないけれど。

宮岡や細山は僕の今の状況に陥ったらどう切り抜けるのだろうか。きっと2人ならなんとかすると思う。

この流れで今の状況を相談しようと思ったが、うまく切り出せなかった。

僕たちは近況報告もそこそこに、研修医時代の思い出話で盛り上がった。2人とも翌日も朝早くから仕事があったため、短い時間でお開きとなったが、彼らと話せて気持ちはずいぶん軽くなった。

早坂と話して、両親と話して、宮岡と細山と話をした。夏休みに入った時はどん底だった。傍から見れば、僕の状況はどん底のままだけど、少し心は回復した。僕の中での風向きは少し変わった。誰かと会話するのって大切なんだなと思う。

「明日から仕事でしょう？」

夏休み最終日の朝、朝食を食べていると、母から聞かれた。

「うん。今日東京に帰るよ」

「そう。駅まで送っていこうか？」

「うん、お願い」

「何時頃に帰る？」

「2時くらいかな」

「お母さん、今日はずっと家にいるから帰る時に言ってね」

「分かった」

この1週間は本当にゆったりした時間を過ごすことができた。しんどくなったら時々実家に帰ってこよう。そして両親や地元の友だちと話をしよう。帰って来られなくても、早坂やほかの同期、先輩・後輩と話をしよう。科が違ったり、遠く離れていても、一緒に頑張っている仲間がいる。応援してくれている両親がいる。それを実感できた夏休みだった。

「そろそろ出発しようと思うんだけどいい？」

「はいはい」

母の明るい声がベランダから聞こえてくる。

体の疲れがとれ、心の平穏を少し取り戻せた僕は、気持ちを新たに明日からの研修を見据えた。

アッペ①

リリリリーン。リリリリーン。

夜中の3時、けたたましい音が狭いワンルームの部屋に鳴り響く。病院から支給されている外線用の携帯電話だ。この音はびっくりして心臓に悪いので設定を変えようと思ったが、変更できないようになっていた。おそらくこの音が人を眠気から覚ますのにもっとも有効な音なのだろう。

「はい、山川です」

「山川君、これからアッペの患者が運び込まれるみたいなんだけど診る？」

先輩医師の田所先生だった。

今夜当直の田所先生は、面倒見のいい先生だ。以前、「外科医はどれだけ手術を見たかが勝負だから、少しでも時間ができたら手術室に行って他人の手術を見にいくようにした方がいい」とアドバイスしてくれた先生で、僕のことを日頃から気にかけてくれている。今日も僕は当番ではなかったが「何かいい症例がありそうだったら連絡するね」と言ってくれていた。

「はい、今から準備してすぐに行きます」

「これから救急搬送されるみたいだから、もし間に合ったら最初から診てよ」

夜中の3時だったが、眠気は完全に吹き飛んでいた。

（よし、やるぞ）

いつもなら顔を洗う時は温かいお湯が出るまで待つのだが、待ちきれずに冷水で洗った。冷たさは感じない。顔を拭って、歯磨きをして、コンタクトレンズをつけるとすぐに家を飛び出す。家を出てすぐ寝癖を直していないことに気づいたが、気にせずにそのままの状態で病院に向かった。手術キャップをかぶれば寝癖なんてどうせ分からない。それよりも早く病院に着きたい。

病院に着くと、救急外来に向かった。

「夜遅くにご苦労様です」

看護師さんが声をかけてくれる。

「ご苦労様です。アッペの患者さんはまだですか」

僕は挨拶し、患者さんのことを尋ねる。

「あと5分くらいで着くそうです。お願いします」

あと5分。間に合った。田所先生のPHSに連絡を入れた。

「お疲れ様です。アッペの患者さんですが、あと5分ほどで来られるそうです。間に合ったので初期対応からさせてもらってもいいですか」

「おお、早かったね。じゃあお願いね。医局にいるから何かあったらまた連絡ちょうだい」

予定の手術をさせてもらうことはあっても、緊急の手術はなかなかさせてもらえない。緊急の場合、1分1秒を争うこともあるため、最初から僕のような専攻医には回ってこないのだ。これは千載一遇のチャンスだ。

事前情報を確認する。40代の女性で名前は森本裕美さん。主訴は右下腹部痛。昨日から症状があり、数時間前から痛みが強くなった。吐き気も出てきたため、救急要請された。

若い女性の急性虫垂炎（アッペ）。昨日からの症状ということは、発症したてでそれほど強い炎症はないかもしれない。これなら僕にもできるかもしれない。

ちなみに、アッペとは虫垂のことで、大腸の入り口にあり、ヒトのお腹の右下に位置する臓器だ。便などが詰まりやすく、虫垂炎という炎症性疾患をきたしやすい。紛らわしいのだが、虫垂炎は一般的に「盲腸」と呼ばれている疾患で、発症率の高い疾患である。英語で「appendix」というため、医療界では「アッペ」と呼ばれている。

ピーポーピーポーピーポーピーポー。

救急車の音が近づいてきた。

救急隊の威勢のいい声が聞こえてくる。

「救急車入ります」

「バイタル測ってください」

救急現場での初期対応は、初期研修時代にある程度経験しており、それなりに自信がある。

「状態は安定しているのでゆっくり行きましょう」

その場にいる看護師さんたちに声をかける。その言葉は自分に言い聞かせる意味もある。周りに声をかけることで自分も落ち着いて対応ができる。

「採血、点滴お願いします」

「点滴は細胞外液で」

「採血は手術前のセットで」

看護師さんに仕事を割り振りながら、同時に身体診察を行う。

「初めまして。外科の山川といいます。よろしくお願いします」

「おね、がいします」

ひとまず全身の状態は安定しているが、かなり痛そうだ。

「痛いのはどの辺りですか」

「この辺りです」

そう言って患者さんは右下腹部を指した。ちょうど虫垂の辺りだ。

「お腹を少し押さえますね」

お腹を押さえて圧痛がないか確認する。痛みの強い右下腹部は後回しにする。

「ここはどうですか」

丁寧に診察を行う。先入観を持って診療にあたると誤診の元になる。

「ここはどうでしょう」

「イタッ」

本命の右下腹部を押さえた時、患者さんが大きな声を出した。そして腹筋に力が入り、お腹が硬くなった。これは筋性防御といって炎症がお腹全体に波及しているサインだ。

「アセトアミノフェンの点滴をお願いします」

すかさず痛み止めの点滴を指示する。これは急いだほうがよさそうだ。

「すぐにCTに行ってください」

画像診断が一番確実に診断する方法である。

術前検査を済ませて、田所先生に連絡する。

「救急の患者さんですが、急性虫垂炎だと思います」

「根拠は何？」

「採血で炎症の値が上がっていて、右の下腹部に反跳痛《はんちょうつう》があって」

「うんうん、それで？」

「熱も38度まで上がっていて、それから……」

ダメだ。うまくコンサルト（端的な説明）ができない。初期対応はうまくできたつもりだったが、人に説明するのは難しい。

「CTは？」

「CTでも虫垂が腫れていて、中に糞石もあります」

「それなら虫垂炎だね」

「はい」

田所先生の誘導のおかげで、何とか虫垂炎であることにたどり着く。

「ちなみに主訴は何？」

「右下腹部痛です」

「手術歴は？」

「えっと」

「内服薬は？」

「えっと」

「家族はすぐに来られそう？」

「……」

「今言ったこと、すぐに確認しておいて」

「はい、すいません」

急いで確認し、再度田所先生に伝える。

「既往歴や手術歴、内服薬はありません。ご主人が今病院に向かっているそうです」

「分かった。じゃあ、麻酔科と手術室に連絡して手術の準備を始めようか」

「はい、よろしくお願いします」

手術の準備を整えている間に患者さんのご主人が来院した。

「術前のＩＣはしたことある？」

「せっかく最初から診ているし、やってみようか」

「はい」

今までいろいろな先生のICに同席させてもらっており、要領はなんとなく分かっているので大丈夫なはずだ。

「外科の山川といいます。よろしくお願いします」

患者さん本人と、先ほど病院に到着したばかりのご主人を個室に誘導し、ICを始める。田所先生が後ろで待機している。何かあればすぐにフォローしてもらえる状況なので安心感があった。

「腹痛の原因は虫垂炎によるものだと思います。血液検査で炎症の値が上昇していて、CTでも虫垂が腫れていることが分かります」

電子カルテで血液検査の結果やCT画像を見せながら説明する。

「虫垂炎に対しては、腹腔鏡下虫垂切除術という手術が第一選択で、その方向で手術の準備をしています。何かご質問はありますか?」

「妻は手術が必要なんですか?」

ご主人が心配そうに尋ねてきた。

「虫垂炎なので手術が必要です」

「いえ、ないです」

僕はきっぱりと答える。

「手術せずに治る方法はないのでしょうか」

「抗生物質で治ることもあるのですが、再発のリスクもあるし、手術のほうがスッキリするかなと思います」

適当な言葉が見つからず、稚拙な説明になる。いくつか質問が来ると、急に脆くなる。

「でも手術は少し怖い」

「……よくある手術なので大丈夫だと思いますよ」

なんとか手術が必要であることを納得させたい一心で言葉を繋ぐ。明らかな実力不足を感じる。

「手術は先生がするんですか？」

患者さん本人も質問してくる。この質問は、「別の先生にやってほしい」という患者さんの意思表示だ。つまり、僕は今のＩＣで森本さんの信用を得られなかったということになる。

「……はい、そうです」

ここで会話が途切れてしまった。ギブアップだ。

「では、続きは私が説明しますね」

田所先生がCTを見ながら、ICを引き継いでくれた。

「この部分が虫垂になります。普通は5㎜くらいの太さなんですけど、森本さんの虫垂は1・5㎝くらいになっていて中に膿が溜まっている状態です。そのため、虫垂が炎症を起こして腫れています。これを虫垂炎というのですが、一般的には盲腸と呼ばれるものです。炎症のデータもかなり上がっていて、これだけお腹が痛いのは強い炎症があるからだと思われます。これだけの炎症があるので、何らかの治療が必要ですが、虫垂炎治療には2通りあります。1つは手術で1つは抗生物質の点滴です」

「手術をしなくても治る方法があるんですね」

ご主人が安堵の表情を浮かべる。

「一応、2通りの治療方法はあるのですが、奥様の場合は手術をおすすめします。理由としては、抗生物質で治療を開始しても治療中に虫垂が破裂して膿がお腹の中に漏れてしまう可能性があることです。炎症がかなり強いのでもうすでに破れかかっているかもしれません。そうなると、腹膜炎を起こして命に関わる状況になるため、結局手術が必要になります。しかし、その時点での手術はかなり難しく合併症が起こりやすくなります。それと、抗生物質の点滴での治療は時間がかかる上に、治ったとしても再発のリスクが非常に高い」

「抗生物質の治療だと、どのくらいかかるのでしょうか」

「この炎症だと2週間くらいです。しばらく絶食も必要です。その上、結局緊急手術をしないといけない可能性もある。手術だと1週間程度で退院可能なので、早く良くなるし再発のリスクも格段に低くなります。過去に手術をされたことや飲んでいるお薬もないので、手術のリスクはそれほど高くありません」

「なるほど、じゃあ手術のほうがいいかな」

「うん、私もそう思う。手術を受けてみようかな」

こうして術前ICを終え、無事手術を行う方針が決定した。

これがインフォームド・コンセントか。

何度も先輩のICに同席させてもらっていて簡単そうに思っていたが、やってみると全然できなかった。

「IC、難しかったでしょう?」

「はい」

「具体的にはどこが難しかった?」

「えっと……」

「パッと答えられないだろ?」

「はい」

「それがICなんだ」

「はあ」

「患者さんに言っていることは簡単なことで、山川君はもちろん、医学生だって知っていることなんだ」

「はい」

「ポイントは相手を見て話すこと。これは上の先生にコンサルトする時も一緒。もちろん知識も必要だけど、それ以上に相手の反応を見ながら、話す順番を変えたり言い回しを変えることが重要なんだ。さっきおれにコンサルトしてきた時、内服薬や手術歴、家族が来られるかを聞いたよね？　あれは知識が必要だった例で、ICや手術をするにあたってこれらの情報は必須なんだ。家族がいないとICはできないし、手術歴や内服薬がないことは手術をすすめる根拠になる。あの時山川君がそこまで分かっていたら、もっといいICができたはずだよ」

「はい」

「これは訓練だから慣れたらできるようになるよ。どんどんやってうまくなっていこう」

「はい」

「さあ、そろそろ入室の時間だ。執刀は何回目？」

「6回目ですが、アッペは初めてです」

よかった、執刀させてもらえるんだ。心の中でそう呟き胸を撫で下ろす。森本さんのアッペはCTで見ると想定していたよりかなり炎症が強そうでアッペの執刀経験のない僕には少々難しい症例である。実際、アッペは高度の炎症で救急搬送されることも多く、「初めて執刀するには難しいし時間がかかるから」という理由で執刀させてもらえず助手に回ることがしばしばあり、ここまでアッペの執刀の機会に恵まれなかった。それにICもうまくできなかったため、今回も助手に回されるんじゃないかと不安だった。取り上げられなくてよかった。

「手順は分かるよね？」

「はい、なんとなくは……」

助手なら何度かしたことがあるし、腹腔鏡下虫垂切除術はそれほど複雑な手順でもないのである程度は分かっている。だけど、自信を持って「はい」とは言えない。やったことがないので仕方がないが、ここはハッタリでもいいから「はい」と言える方がいいのだろう、と思う。

「完遂できるよう頑張ってね」

「はい。頑張ります」

ここはあっさり答えておく、分かっているかどうか、完遂できるかどうかは結局のところ、手術をすれば明らかになる。

手術室に入ると、看護師さんたちが道具の準備や部屋の機械のセッティングをしており、麻酔科の先生は手術台の頭元で麻酔器や薬剤の準備を行っていた。

「よろしくお願いします」

手術室のスタッフに声をかける。

「お願いします」

「お願いします」

業務的な挨拶が返ってくる。深夜ということもあり、スタッフに疲労の色が窺える。すぐに手術室に設置されている電子カルテを開いてＣＴ画像を見直し、手術のイメージトレーニングを行う。

間もなく、森本さんが救急外来の看護師さんに連れられて車椅子で入室した。救急外来の看護師さんから手術室の看護師さんへの申し送りが終わると、患者さんを手術台に移乗する。

森本さんは手術が初めてということもあり、緊張した面持ちである。

「森本さん、頑張りましょうね。寝ているうちに終わりますからね」

緊張を和らげようと、声をかける。ＩＣがうまくできず、少し気まずい思いもあったが、患者さんに安心して手術を受けてもらうことが最重要だ。

「はい、お願いします」

森本さんの表情が少し和らいだ。

全身麻酔がかかり体位を整えると、術野《じゅつや》を消毒し、僕たちは手洗いをして、清潔なガウンを着る。いよいよ手術が始まる。術式は「腹腔鏡下虫垂切除術」である。

「メスください」

「ではよろしくお願いします」

「お願いします」

例によって執刀医の僕が入刀の直前に挨拶を行い、みんながそれに答える。

「メス返します」

「コッヘル」

「筋鈎《きんこう》」

「電気メス」

「カメラポート」

お臍の創（傷）からカメラを入れ、中を覗く。

ここまではどんな手術でも定型通りなのでスムーズにできる（正確にはできるようになった）。

「炎症がかなり強そうだね」

「はい。膿性の腹水もありますね」

「穿孔《せんこう》しているということだね。CTを見る限りでは明らかな穿孔はなかったけど」

ICで田所先生が説明していた通り、虫垂が破れて膿が腹腔内に広がりつつある状況だった。

「まずは洗浄します」

膿が溜まっている場合は最初に洗浄し、お腹をある程度きれいにしてから手術を行う。そうしないと、手術の際に膿が邪魔をして肝心な部分が見えない。

「これが回腸末端《かいちょうまったん》ですね」

「ということはこの裏にアッペはありそうだね」

田所先生はアッペがありそうな場所を画面の真ん中にもってくるようにカメラを操作する。

「ちょっと頭を下げてもらおうか」

「はい、ヘッドダウンをもう少しお願いします」

手術台は上下左右の傾きや高さを自由に変えられるようになっていて、麻酔科の先生に体位を変換してもらう。

すると小腸が頭側に移動し、小腸の下に隠れていた虫垂を含む大腸が出てくる。手術はいかに器用に手や鉗子《かんし》を動かすか、ということに終始していてはうまくいかない。こうして術野を整えて手術がしやすい形を作ることは手の器用さ以上に重要といえる。

僕は日々の努力や手術経験で少しずつ手が動くようにはなってきたが、場の展開はまだまだ。これが本当に難しく、手術をちゃんと理解していなければできない。

「もう少し先端を持って」

「手前に引いて」

場の展開がうまくできないと行き詰まる。行き詰まっては田所先生の指導を受けるということを繰り返し、何とか手術を進めていく。

「そうそう」

「そこじゃない」

「ちょっと貸して」

言われていることの大半が理解できていない。目的は虫垂炎を見つけて根元で切ること。シンプルなはずなのに、今言われていることが、頭の中で虫垂炎を見つけたり切ったりすることに繋がらない。分からない時は言われるがままに手を動かす。地中に向かってやみくもに穴を掘っているような感覚だ。

最初はある程度型通りに進むため手術をリードできるのだが、途中からは臨機応変に対応しなければいけない場面が必ずくる。そこで僕の手の動きが鈍くなり、やがて手が止まる。助手の先生の誘導でなんとか僕の手は再び動き始めるが、一度渡った主導権は戻ってこない。気がつけば指導医の言いなりになってただ手を動かしているだけ、という状況に陥っている。

「ほら、アッペがだんだん持ち上がってきたでしょう。これが間膜 (かんまく) だからこれを切れば、ほぼ終わったようなもんだよ」

「はい」

分かったような分からないような気分で小さく返事をする。

「ソノサージ」

曖昧さをかき消すように大きめの声で看護師さんに器械を要求する。ソノサージは「超音波凝固切開装置」のことで、組織を焼いて止血した上で切る器械である。言われたことは理解できていなくても、切るといったらこの器械。

無事に虫垂を切除し、体外に取り出す。標本は一旦保管しておき、後から丁寧に観察する。

「さあ、少し時間がかかったから、ここからはさっと終わらそう」

「はい。腹腔内洗浄を行います」

お腹の中をもう一度きれいに洗う。洗浄した水が飲めるようになるまで何回も洗え、と教えられている。

腹腔鏡下虫垂切除術において、メインはあくまでも虫垂を切除することであり、腹腔内洗浄は手術の仕上げという位置づけである。しかし、この腹腔内洗浄は実は簡単な作業ではない。左手の鉗子で腸を避けて、右手の鉗子で水を流して洗うのだが、腸は蠕動《ぜんどう》するため、確実に避けないとすぐに左手で抑えきれずに戻ってくる。腸が戻ってくると一旦右手も把持《はじ》鉗子に持ち替えて再度腸を展開し直す必要がある。一度で展開がうまくいかない場合、何度も持ち替えないといけない。例えるなら、ヘビみたいに長くて動くものを一本の棒だけで制御して、もう一本の棒で洗うようなもの。ヘビはうねうね動くので、うまく押さえないと簡単に出てくる。何度もやり直しているうちにかなり時間がかかり、周りの人をイライラさせてしまう。

「もうおれがやるよ」

ついに田所先生の我慢も限界にきたようだ。むしろここまでよく我慢してくれたと思う。手が止まりかけたところで交代させられて当然だったし、そもそも普通だったら緊急手術は執刀させてもらえない。

「すみません。お願いします」

僕は感謝の気持ちでいっぱいだった。

執刀医をおりた瞬間、自分の腕が限界だったことに気づいた。腹腔鏡手術では慣れないうちは無駄な力を使うため、かなり腕が疲れる。

「こうやって鉗子を使えばうまくできるんだ」

そう言いながら、腸を巧みにコントロールし、洗浄していく。最初は泥水のような濁った色をしていた洗浄水が、みるみるきれいになり、さすがに飲むことは無理でも、金魚が住めるくらいにはなった。

「よし、創を閉じて終了しよう」

手術は2時間30分もかかってしまった。標準時間は1時間程度だ。炎症が強かったとはいえ、田所先生が執刀すれば1時間30分程度でできただろう。術前は「アッぺぐらいなら」と思わないでもなかったけど、やはり初執刀。そう甘くはなかった。

「無事に終わりましたよ」

麻酔から目が覚めた森本さんに声をかける。

「ありがとうございました」

朦朧としながらも、森本さんは安堵の表情を浮かべた。

手術控え室ではご主人が待っていた。

「お待たせしました。手術は無事に終わりましたよ」

「そうですか。よかった」

部屋に入った時は苛立ちを隠せない様子だったが、僕たちの表情で手術が特にトラブルなく終わったと直感したのだろう。とても安心した様子だった。

「虫垂は一部壁が破れていて、お腹の中に膿が広がっている状態でした。そのため洗浄したり、炎症による周りとの癒着を剥がしたりして時間がかかってしまいました。

術後もしばらく抗生物質の点滴が必要ですが、手術して良かったと思いますよ」

「ありがとうございました」

それにしても2時間30分もかかるとは。森本さんにも待っていたご主人にも迷惑な話だ。しかも、それで感謝されるなんて申し訳ない。もっと早く手術ができるようにならないといけない。今の思いを無駄にしてはいけない。

「お疲れ様」

「お疲れ様でした。ありがとうございました」

外はすでに明るい。医局の時計を見ると7時を指していた。医局のソファでコーヒーを飲みながら田所先生と手術を振り返った。

「トラブルなくできたことが一番だよ。穿孔している虫垂炎の手術はそんなに簡単じゃないいんだ。洗浄も難しいし」

「はい、でも2時間30分はかかり過ぎですよね」

「仕方ないよ。山川君の手が動かなくなったら交代しようと思っていたけど、ちゃんと手が動いていたから、最後まで任せたんだ」

「言われるがままに動かしていただけで、手術の時のことはあまり覚えていません」

「ははは。初めはそんなもんだよ。でもずっとこのままではダメだからね」

「はい。頑張ります」

「術後も主治医として森本さんを診て、何かあったら相談してね」

主治医。初めての主治医。その響きが嬉しい。いろいろと辛いこともあったが、夏休みにリフレッシュできたことで、また切り替えて頑張ろうと思える。田所先生の優しさになんとか応えられるよう頑張りたい。

「急がないと、もうすぐカンファレンスが始まっちゃうな」

田所先生は腕時計をちらっと見ると、立ち上がってそのまま歩いていった。

「ありがとうございました」

田所先生の背中に声をかけると、先生は右手をさっと上げた。

(さて、僕もカンファレンスに行かないと)

冷めたコーヒーを一気に飲み干して立ち上がる。窓から溢れる朝焼けが眩しかった。

今日もまた1日が始まる。

アッペ②

アッペ（虫垂炎／一般的には盲腸）執刀後から僕の心境に変化があった。これまではあくまで担当医、分かりやすく言うとサブ医として患者さんに関わってきたが、今回は森本さんの主治医になった。主治医といっても何かあればすぐに田所先生に相談するように言われているため、実質的には田所先生が主治医で僕はサブ医なのかもしれないが、ネームプレートの主治医の欄に山川医師と書かれているだけで、なんとも誇らしい気持ちになった。森本さんは主治医としての僕の初めての患者さん。

「お腹の痛みはどうですか」

「かなり良くなってきました」

「ここを押さえるとどうですか」

「そこはまだ痛みます」

虫垂が穿孔《せんこう》し、膿が漏れていたせいで、痛みは残っていたが、術後1週間の経過としては順調だった。

「森本さんは、虫垂炎術後の患者様で、手術所見では穿孔および汎発性《はんぱつせい》腹膜炎が認められました。手術は特にトラブルなく終了しています。現在、術後1週間で、血液データ、症状ともに改善傾向にあります。食事も開始しており、順調に経過していますす」

カンファレンスでプレゼンを行う。いつもは明らかにおどおどしているのが自分でも分かるが、今回は主治医の立場だからか、堂々とできた気がする。

「森本さん、明日もう一度血液検査をして炎症が良くなっていたら抗生剤はやめてもいいかもしれないね」

カンファレンス終了後に田所先生が声をかけてくれた。

「はい。症状も良くなってきていますし大丈夫そうです。明日、血液検査をオーダーしておきます」

次の日、血液検査の結果を見ると、炎症の数値は横ばいだった。早速、田所先生に報告する。

「血液データですが、横ばいだったのでもう少し抗生剤点滴を継続しようと思います」

「そうだね。手術の時あれだけお腹の中の炎症が強かったもんね。本人の様子はどう?」

「お腹の痛みはだいぶマシになってきています」

「じゃあ心配ないね」

森本さんに、もう少し抗生剤の点滴を継続する旨を説明する。森本さんは僕が主治医として毎日接しているうちに心を開いてくれるようになっていた。

さらに2日後、もう一度血液検査をしたところ、炎症の数値は少し悪化していた。

「お腹は痛くないですか?」

「はい、まだ時々痛むことがありますが、かなり良くなってきていると思います」

「ご飯も食べられていますよね?」

「はい、全部食べています」

「もう少し治療を続けましょう。念のため、週明けにもう一度血液検査をして、良くなっていることを確認してから抗生剤治療を終了しますね」

症状は改善傾向にあったが、血液検査で炎症の数値が改善しなかったため、治療を継続することにしたが、田所先生には相談しなかった。必要以上に相談するのは良くないと思ったからだ。治療を継続する分には問題ないだろう。


休日もたいていは病院に行っていつものように回診をするのだが、平日と違って気持ちは軽い。カンファレンスがないから朝早くに出勤する必要はないし、検査や処置も休日にはできるだけ入れないようにしているから、仕事もそれほど多くはない。緊急手術が入れば別だが、基本的に手術もない。回診をして患者さんの顔を見るだけの日もある。

平日と休日とでは服装も違う。平日は、病院に到着するとスクラブ（医療用のユニフォームでVネックで半袖のもの）に着替え、靴を医療用のスリッパに履き替えると、上から白衣を羽織る。これで頭が仕事モードになる。しかし、休日は私服の上から白衣を羽織って回診する。休日出勤は当たり前でも正装にならないことで案外気分転換になるし、着替えの手間が省ける分、さっと仕事をしてさっと帰ろう、という気持ちにもなる。私服に白衣という格好は僕にとって休日モードになれるスタイルだ。

しかも外科の病棟は10階にあり、廊下の窓からは東京の街並みが一望できる。昼前の病棟は暖かい光が差し込んで、とても気持ちがいい。平日の日中は外の光が入らない手術室にいることがほとんどであるため、病院で太陽の光を堪能できるのは週末くらい。だから僕は休日の回診が嫌いではなかった。

僕は例によって朝10時頃に病院に到着し、私服に白衣を羽織った。今日は自分の患者さんの検査を入れていないから顔を見に来ただけだ。

実は、医者にとって休日に患者さんの顔を見るのと見ないのとでは気持ちが全然違う。一般的に、患者さんは医者の顔を見ると安心するというけれど、実際のところは分からない。気を遣うから迷惑だと思うかもしれないし、うっとうしいと思うかもしれない。ただ僕たち医者が安心するのは間違いない。

何かの用事で患者さんの顔を見ない日があると、もしかしたら何か起こっているのではないか、ほかの先生に迷惑をかけているのではないかと、不安で目の前のことに集中できないことがよくある。旅行などで病院を空ける時、ほとんどの医者は出発日の朝早くに病院に行って患者さんの顔を見てから旅行に出かける。医者は自分が安心するために休日に病院に行くのかもしれない。

「お疲れ様です。先生、この後どこかに出かけるの？」

「お疲れ様です。いえ、家でゆっくりします」

「え、そうなの？　もったいない。たまには彼女をデートに連れて行ってあげないといけないんじゃない？」

「いや、僕彼女いないので」

「うそだ。先生モテるでしょう？」

「いや、全然そんなことないですよ」

「じゃあ私が彼女になってあげようか？」

病棟の看護師さんと軽く雑談を交わす。普段はお互いに忙しいのであまりこういう機会はない。週末は僕ら医師と同じで看護師さんの1日のスケジュールにもゆとりがあるのかもしれない。

「気分はいかがですか？」

ホールで新聞を読んでいる患者さんに声をかける。

「今日は天気が良くて、とても気持ちがいいです」

病状には平日も休日も関係ないはずなのだが、心なしか患者さんもリラックスしているように見える。

僕は野に咲く花を観察しているかのようにゆったりとした足取りで回診を続ける。

コンコン。

森本さんの病室をノックする。

「失礼します」

室内に入ると、森本さんはベッドに横になってテレビを観ていた。

「おはようございます。体調はいかがですか？」

僕はいつものように尋ねる。

「今朝からこの辺りが痛むような気がするんです」

森本さんはそう言いながら右下腹部を押さえる。

「ここですか？」

「痛っ」

強く押さえると森本さんは顔をしかめた。

（なんでだろう？）

「切ったところではなく、お腹の中が痛い感じですか？」

術後は、程度の差はあるものの創は痛いものだ。創が痛いのか、その奥が痛いのかは重要だ。

「創の痛みというより、中のほうが痛い感じです」

手術に時間はかかったけど目立つような失敗はなかったし、補助的に抗生剤の点滴もしている。特に憂いはないはずだ。

「食事は摂れていますか？」

「ご飯はなんとか全部食べています」

「それなら大丈夫ですね」

患者さんを安心させるためというよりも、自分に言い聞かせるように口に出す。しかし、食事ができていれば本当に安心なのだろうか？

「ご飯もお粥から普通食になったところなので、腸がびっくりしているのかもしれないですね」

実際のところは分からないが、データ上ではそこまで悪くはなかったし、大きな問題はないだろう。何か発言して患者さんを安心させることは重要だ。

「そうですね」

森本さんは笑顔を作って答えてくれた。

「また明後日の月曜日に血液検査をしますので、それまでに良くなっていたらいいですね」

「はい。先生、お休みの日にわざわざ来てくれてありがとう」

「いえいえ、とんでもないです。何かあれば看護師さんに言ってくださいね」

そう言って、森本さんの病室を後にした。

カルテを記載し、雑務をさっと終えて帰り仕度を済ませる。

患者さんは僕の顔を見て安心する。森本さんも安心したようだ。

医局前でエレベーターが来るのを待っていると、「おう、山川、久しぶり」と早坂が声をかけてくる。早坂と会うのは夏休みに一緒に飲んだあの日以来だ。

「久しぶり。今日は当番？」

「今朝、救急外来に尿閉《にょうへい》の人が来て、カテーテル入れて欲しいって電話があってさ。研修医が入れられなかったみたいなんだ。なんとか気合いで入れてくれよな」

どうやら早坂は呼び出しを食らったようだ。でもそれを辛そうにしないところがさすが、早坂という感じ。医者が休日に呼び出されるのはよくあることだが、それでも呼び出されるのは結構しんどい。僕たち医者は心のどこかで休日を休日として過ごすことを期待している。

「もう帰るの？」

「うん。昼飯でも食おうか」

「いいね。どこにする？」

僕は近くに知り合いがほとんどいないため、せっかくの休日でも食事はコンビニやファストフード店で済ますことが多かった。友だちとランチに行けるのは嬉しい。

僕たちはこぢんまりとした中華料理屋に入った。

「あれからどう？」

カウンターで隣の席に座った早坂が昼前にもかかわらずビールを煽りながら尋ねて

くる。

「どうってことはないけど、この前アッペの手術をさせてもらったんだ」

「おお、うまくできた？」

「ぜんぜん。けど、もう一回頑張ってみようかなっていう気持ちにはなった」

「何かあったのか？」

「時間はかかったけど、最後まで執刀させてもらえてさ。ちょっと自信になったというか、もしかしたらこのまま外科でやっていけるのかなって」

僕は手元のウーロン茶をぐいっと飲む。

「山川なら絶対やっていけるって言ってるじゃん。一緒に頑張ろうぜ」

早坂はそう言って僕の肩を叩いた。

「うん。ありがとう。ＩＣもさせてもらって、今は主治医として患者さんを持たせてもらっているんだ」

僕は嬉しくなって話を続けた。

「そうか。やっぱり自分でいろいろしないと楽しくないしな」

早坂は、すでに外来も週２回担当しているし、主治医で担当している患者さんが10人もいるらしい。

「ＩＣして執刀して主治医を持って初めて、自分が仕事をしているっていう実感が持てたんだ。今までは上の先生についていくだけだったから」

「なんか元気そうでよかったよ。でもいろいろさせてもらうようになったらそれはそれでまた辛くなる時がくるかもな」

「そうかもね」

早坂は早坂で辛い思いをしているのだろう。僕の一つ上のレベルで。僕も早くそのレベルに進みたい。

リリリリーン。

その時、早坂の電話が鳴った。

「もしもし、え、マジか。分かった、すぐに行く」

早坂は電話を切ると、財布から1000円札を2枚取り出してテーブルの上に置いた。

「悪い。呼ばれたから行くわ。おれの患者が急変したみたいなんだ」

これから早坂の苦労話を聞かせてもらおうと思っていたところだったが、仕方がない。またの機会にしよう。

「今日はありがとう。またゆっくり話そう」

「おう」

早坂は颯爽と店を後にした。

休日に呼び出されるのはしんどい。体力的にもメンタル的にも。でも早坂を見ていると、それが嫌なことではないように思えるから不思議だ。楽しそうにすら見えるけど、そんなはずはないと思う。

それにしても早坂の電話対応には貫禄があった。電話対応だけでなく普段からそうだ。いつ見ても堂々としている。僕とは大違いでとても同期とは思えない。僕もこれからどんどん自信をつけてあんなふうにならないといけない。1人の患者さんの主治医を持ったくらいで喜んでいる場合ではないのだ。

帰宅すると、ワンルームの部屋にポツンと置かれている座椅子に座る。一度座るとしばらく動けなくなる。座ってはじめて日頃の疲れを実感する。

東京に出てきてから家と病院を往復するだけの毎日だ。新聞も取っていないし、テレビをつけることもほとんどない。日中は仕事をして、家に帰るなり、その日の手術の振り返りと翌日の手術の予習をする。暇があれば、糸結びの練習をしたり手術書を読んだりしている。食事や歯磨きは左手でするようになった。携帯電話も家の鍵を開けるのも左手だ。これは左手も利き手同様に自由に扱えるようになるため。僕の日常生活の全ては手術に続いている。全ての道がローマに続くように。

こんな生活を続けていると、ふとした時に自分が世の中から隔絶されているような気分になる。その事実を突きつけられるのが嫌で、テレビのニュースを見なくなった。

今は手術だけでいい。僕は座椅子を倒して目を閉じた。

ベッドの脇に置いてある目覚まし時計を見ると、22時30分を指していた。かなり長い間眠っていたようだ。床で寝ていたため、体が痛い。一度も目が覚めなかったということは熟睡していたのだろう。

(また、やってしまった)

休日はいつもこうだ。時間に余裕があると思うと、つい寝過ごしてしまう。その日に予定していた予習や復習は達成できず、翌日に持ち越しとなる。

今日は何もできなかった、という焦りと憂鬱に抗うようにゆっくりと体を起こす。

(とりあえずシャワーを浴びよう)

シャワーを浴びて気持ちを切り替えると、この前の森本さんの手術動画を観ることにした。ビデオを観るのは、受動的にできるので、何もする気が起こらない時にちょうどいい。

「虫垂間膜がS状結腸の脂肪垂と癒着しているからまずはそこを剥がさないと」

「左手の鉗子《かんし》をもう少し左に振ってごらん。右手の鉗子の向きに合うように左手を調整するんだ」

手術の最中に田所先生に言われたことを声に出してみる。手術に慣れてきて多少は術中に言われたことを思い出せるようになってきた。

（よし、これでアッペが授動された。あとは結紮《けっさつ》して切るだけだ）

動画を見終えると、鞄から手術書を取り出す。手術の映像を観ているうちに気になることが出てくる。

ある程度、納得できたところで休憩する。時計を見ると深夜2時だった。

もう寝よう。歯磨きをして、コンタクトレンズを外して、ベッドに向かう。部屋の電気を消すと、横になって目を瞑った。

しかし、夕方に長時間熟睡してしまったため、なかなか眠れない。仕方なく、電気をつけて、読みかけていた文庫本を読み始める。

だらだら文字を追いかけていると、電話が鳴った。病院の携帯電話だ。嫌な予感がする。

「もしもし、山川です」

「病棟看護師の宮崎です。森本さんのことなんですが」

森本さんに何かよくないことが起こった。それを瞬時に悟った。そして、そのことに全く違和感を感じない。まるでこの電話を予想していたかのようにスーっと受け入れられる。

「お腹の痛みが強くなってきていて、熱が38・5度まで上がっています。血圧は80台まで下がってきています」

「分かりました。すぐに行きます」

ヤバイ、どうしよう。何が起こっているのかは分からない。ただ、血圧が下がっているのはかなり状態が悪いということだ。鞄も持たずに家を出る。病院までの道をノンストップで走った。あの痛みは創じゃない。中の痛みだ。普通じゃない。今なら分かるけど、もう遅い。前もそうだった。何かあってからでは遅いのだ。

病院に着くと汗だくだった。イスにかかった白衣をひったくって、病棟に向かう。一縷の望みにかけておそるおそる病室を開けると背中を丸くしている森本さんと、酸素マスクや心電図モニターを準備する看護師さんの姿があった。やっぱり普通じゃない。何が起こっているのかは分からないけど、森本さんは大丈夫じゃない。

「森本さん、大丈夫ですか？」

大丈夫じゃないのは分かっているけれど、ついいつもの言葉が口をつく。

「お腹の痛みがどんどん強くなってきて……寒気もする……」

森本さんは苦しそうに、それでも一生懸命答えてくれた。

「点滴全開でお願いします。採血もお願いします」

僕は看護師さんにそう言うと、廊下に出て田所先生に電話をかけた。

「もしもし山川です。お休みのところすみません」

「どうしたの？」

田所先生の声は当然、寝起きのものだった。

「森本さんが急変して……」

「森本さん？確か良くなっていたよね？」

「良くなってきているかと思っていたのですが、2日前から腹痛が強くなってきていて、CRPや白血球も少し上昇していました」

「今はどんな感じ？」

「腹痛がさらに強くなって、熱が出てきて血圧も下がってきています」

「検査はもうオーダーした？」

「はい、点滴を繋いで血液検査をオーダーしました」

「CTは？」

「まだ出していません」

「CTも出しておいて。すぐに行くよ」

「すみません。お願いします」

「腹腔内膿瘍《ふくくうないのうよう》からくる敗血症性ショックだ」

田所先生は血液検査の結果とCT画像を見て言った。

血液検査では炎症の数値が昨日よりもさらに上昇しており、CTでは虫垂のあったところに巨大な膿瘍ができていた。

「緊急手術だ。手術室と麻酔科には連絡しておくから、森本さんに説明して、ご主人にもすぐに来てもらうように電話して」

「はい」

僕は急いで病室に行った。

「お腹の中に膿の溜まりができていてこれを洗い出す手術が必要な状態です。今手術の準備をしています。ご主人にも連絡して来てもらいますね」

「はい」

森本さんはやはり苦しそうに答えた。僕の方を向くことはなかった。

僕は森本さんのご主人の電話番号を看護師さんに聞くとすぐにかけた。

ご主人は3度目のコールで電話に出た。夜中にもかかわらずよく出てくれたと思う。

「もしもし、夜分にすみません。東国《とうごく》病院外科の山川です」

「ん……どうしたんですか?」

田所先生と同じく寝起きの声だった。どこから電話がかかってきているのかも理解できていないかもしれない。

「奥様のことなのですが」

「え、妻に何かあったのか？」

すぐに反応できるところから、普段から心配していることがよく分かる。

「はい、実は先ほどから腹痛が強くなって血圧も下がりまして、緊急手術が必要な状態です」

「うそだろ？　良くなってきていたんじゃないのか」

「良くなってきていると判断していたのですが、先ほど急変しまして、ＣＴ検査を行ったところお腹の中に膿が溜まっている状態なのでそれを洗う手術をしないといけない状況です」

焦っていてうまく説明できないが、とにかく危ない状態であることを伝える。

「これから病状と手術について説明したいので来ていただけませんか？」

「妻は助かるのか？」

「なんとも言えません。今手術の準備をしています。とりあえずすぐに病院に来てください。後で詳しく説明します」

「分かった、すぐに行く」

森本さんは助かるのだろうか。腹腔内膿瘍の敗血症性ショックは初めての経験で僕にも分からない。半日前に「順調です」と本人にはっきり言った自分が情けない。

電話が終わると、すぐに森本さんの部屋に戻った。

「ご主人と連絡が取れました。すぐに来てくださるそうです。まもなく手術の準備ができますので、もう少し頑張りましょうね」

僕がこんなことを言える立場ではない。誰のためかも分からない一言だと思う。何もできることはなかったが、森本さんのそばについていることにした。

腹痛が少し悪くなった時点ですぐに相談していればこんなことにはならなかった。なぜお腹が痛いという森本さんの言葉を軽く受け流してしまったのだろう。田所先生は優しい。それなのになぜ僕は田所先生を頼れなかったのだろう。荒木先生に相談できなかったのはまだ分かる。でもあれだけ優しくて相談にも乗ってくれる田所先生に相談できないなんて、もはや自分がどういうつもりなのか分からない。

しばらくして勢いよくドアが開き、森本さんのご主人が病室に入って来た。ご主人は息を切らしている。相当急いで駆けつけたことが分かる。

「裕美、大丈夫か」

「うん、大丈夫」

僕もワンテンポ遅れてその場に入る。

「夜遅くにお呼びして申し訳ありませんでした。緊急手術の準備をしていますので少しお待ちください」

「裕美は助かるのか」

「術後合併症で腹腔内膿瘍を起こして、敗血症性ショックという状態になっています。全身に菌が回っている状態で血圧も低下してきているので、とにかく手術をして膿瘍を洗い出す必要があります」

「もっと早く気づけなかったのか?」

「……すみません」

病室のドアがノックされ、看護師さんが二人入って来た。

「手術の準備ができたので、今から移動します」

「裕美、頑張れよ」

ご主人はそう言うと、一方の看護師さんに連れられて手術控え室に向かった。

手術が好きなだけで外科医になってはいけない

取り返しのつかないことをしてしまった自分が情けない。その気持ちを引きずって、なかなか頭を切り替えられなかった。

室内では手術の準備が進められている。みんなが動き回っているなか、僕だけがじっとその光景を見つめていた。

手伝わないと。

「大丈夫。必ず良くなるから」

田所先生が入室してきて、僕の背中をポンと叩くとそのまま手術の準備に加わった。

僕はようやく気持ちを切り替え、手術の準備を手伝った。

「お願いします」

森本さんを乗せたストレッチャーが入ってくる。

森本さんを手術台に移し、酸素マスクをつけ、すぐに全身麻酔の態勢に入った。今から勝負が始まる、という雰囲気になる。僕は麻酔がかかる前に森本さんに一言声をかけようと思ったが、その場の緊張感に押されて、声をかけることができなかった。

僕はとても勝負できる状態ではなかった。

「おれが執刀するから、山川君は助手を頼むよ」

田所先生も今の僕は執刀できる状態ではないと判断したようだ。

「分かりました」

僕はホッとしてそう答えた。悔しさは一ミリもなかった。

手術は開腹で行われた。命がかかっているため、創(傷)を気にしてはいられない。お腹を開くと中から濁った腹水が溢れてきた。膿瘍《のうよう》の壁が破れて腹腔内全体に膿汁が広がっていたのだろう。膿瘍に含まれる細菌が血流に乗って全身に回ったために敗血症になり、全身状態が悪くなったのだ。

汚染された腹水をできるだけ吸引し、生理食塩水で洗う。これを繰り返し、ある程度水が透明になったところで、お腹の中を観察する。腸を頭側に避けると膿瘍の塊を認めた。中に残っている膿汁を吸引し、きれいに洗浄する。

最後に再びお腹を洗浄し、水を溜めて濁らないことを確認する。こうして洗い残しがないことを確認して閉創した。

「ありがとうございました」

閉創を終えると、僕と田所先生は麻酔科の先生、看護師さんにお礼を言ってガウンを脱いだ。

手術は無事に終了した。

「お疲れ」

田所先生が一息ついていた僕に声をかけた。

「お疲れ様です。本当にありがとうございました。夜遅くに申し訳ありませんでした」

僕は本当にすまない気持ちでいっぱいで、田所先生を直視できなかった。

「いいよ。というか経過は昨日まで良かったんだからこれは想定外のことだ、仕方ないよ」

「すみません」

「手術も無事に済んだし、これで森本さんは良くなるよ」

「はい。ありがとうございます」

僕はその言葉でひと安心する。

「腹腔内膿瘍は起こる時は起こる。こうして手術せざるを得ないこともある。でも、もう少し早く診断できていれば抗生剤を変更したり、内科にドレナージをしてもらったりして、手術せずに対処できることもある」

「はい」

「外科では早めに対処することが何よりも重要なんだ。逆に山川君の報告が明日になっていたら、森本さんは助からなかったかもしれない」

「……はい」

夜中に病院から森本さんの急変を告げる電話がかかってきた時、僕はすぐに病院に駆けつけたし、田所先生への連絡をためらうこともなかった。しかし、僕の誠実さゆえではない。森本さんの体調が悪くなっているのを知っていながら相談しなかったことに後ろめたさを感じていたからだ。森本さんのために、という思いは、一連の出来事を通して全くなかった。医者であるにもかかわらず、患者さんのためにという気持ちが僕の中になかった。

「週末の血液データは確かに微妙なところで、追加でCTを撮るかどうかは医師によって意見が分かれると思う。だからCTを撮らないという山川君の判断は決して間違いではない。一番近くで患者さんを診ていた山川君の判断だったんだ。僕はこの緊急手術は致し方ないと思う。だけど、微妙な場合はリスクを回避するためにも上に相談しないといけないよ」

「はい、本当にすみませんでした」

田所先生は落ち込んでいる僕を見て、助け舟を出してくれた。その気遣いはとても有難い。でも僕は救われない。そんな言葉で救われてはいけない。

「手術は無事に終わりました。お腹を縦に切開すると、汚染された腹水が溢れてきました。汚染された腹水が腹腔内全体に充満していてかなり強い炎症が起きている状態でした。先日手術した虫垂の部位に膿瘍の塊があり、一部壁が破れてお腹全体に波及していたと考えられます。水がきれいになるまでしっかり洗浄し、閉創して手術を終了しています」

手術室の横にある部屋で、ご主人に手術の内容を説明する。手術が無事に終わったことを伝えると、ご主人は安堵の表情を浮かべた。

「夜分遅くに来ていただいて申し訳ありませんでした」

「ああ、そんなことはいいんだ。こんな夜中に対応してくれてありがとうございます」

ご主人は硬い表情で俯き加減にお礼を言った。

「まもなく麻酔から覚めて、手術室からICUに移りますので、出たところでお待ちください」

「ありがとうございました」

ご主人は一礼して、部屋を出ようとドアに手をかけたが、そこで立ち止まった。

「1つ聞きたいんだけど、こうなったのは先生のミスなのか?」

ご主人はドアのほうを向いたまま、こう言った。

「そうかもしれません」

僕は正直に答えた。僕がもっと早く田所先生に相談していれば緊急手術を防げたかもしれないし、どのみち緊急手術を回避することはできなかったかもしれない。ただ1つ確かなことは、力を尽くせなかったということである。

「そうか」

ご主人はそう言うと、今度こそ部屋を出て行った。僕に失望したかもしれない。

申し訳ありませんでした。

僕は心の中でそう呟き、静かに頭を下げた。

手術室に戻ると、森本さんは麻酔科の先生により徐々に麻酔から覚まされ、気管に入れられた挿管チューブを抜かれているところだった。

「手術終わりましたよ」

「分かりますか？」

「手足を動かせますか？」

呼吸状態に問題がないこと、筋弛緩状態から離脱していること、意識状態が戻っていることなどを確認し、退室許可の指示が出る。

「じゃあベッド移動しましょう」

退室許可の指示が出ると、ストレッチャーに移動し、ＩＣＵへ向かう。ストレッチャーを運ぶのは麻酔科医と執刀医の仕事である。

「ありがとうございました」

手術室から出る際は、麻酔科の先生および手術についてくれた看護師さんにお礼を言って退室する。

「外科の森本裕美さんです。お願いします」

手術室の隣にあるＩＣＵに入ると、患者さんの名前を伝えて、部屋を案内してもらい、そこまで運ぶ。

ここでＩＣＵの看護師さんにバトンタッチする。心電図モニターや血圧計などを装着し、状態変化にすぐに対応できる準備を整える。

ひと段落したところで、ベッドサイドに行くと森本さんはぐったりした様子で目を閉じていた。

「手術終わりましたよ。お疲れ様でした」

僕はそっと声をかける。

「……ありがとうございました」

森本さんは少しだけ目を開いて言った。どこから声をかけられたのかは認識できていないようだ。

「手術は無事に終わったので、ゆっくり休んでくださいね」

僕が耳元で小さくそう言うと、森本さんは静かに頷き、再び目を閉じた。

外は薄明るく、夜明けが近づいているようだった。僕は医局の自分の席について今日の出来事を振り返った。

朝、ほのぼのとした休日の回診をし、森本さんの部屋も回った。その時、森本さんのお腹を押さえると、これまでとは異なる痛みがあった。あの痛みは明らかにおかしかった。前日の血液検査の結果が少なからず悪化していることを考えると、CTやエコーなどで精査すべきだった。しかも創ではなく、お腹の中の痛みであることも確認していた。でも僕はあの時、食事ができているという一点のみを根拠に大丈夫と判断した。確かに食事ができていることは快方に向かっている判断材料にはなるが、あくまで血液検査や発熱、腹痛などのデータから総合的に判断しなければならない。それこそが、検査データだけを見るのではなく患者さんの顔を見て診察をすることが重要である理由なのだ。僕は自分に都合のいい情報だけをピックアップして都合のいいように解釈した。これでは診察の意味がないし診察したとは言えない。僕の回診は全く意味をなしていなかったということになる。

ほのぼのと休日の回診をしている場合ではなかった。僕は思考までほのぼのとさせて、挙句の果てには、森本さんに「安心ですね」なんていうその場しのぎのうわべだけの言葉をかけてしまった。これなら病院に来ないほうがマシだ。僕は自分の安心のためだけに病院に来て、回診中もその後の休日の過ごし方に気を取られていて、患者さんのことは上の空だった。早坂とランチに行った時、初めて主治医で患者さんを持つことになってやりがいを感じている、というようなことを言った。とんでもない思い上がりだった。回診で患者を真面目に診ないやつが、主治医をやる資格なんてないし、やりがいを感じているなんて恥ずかしい。情けない。

問題はそこだけではない。むしろこちらの方が深刻だ。僕は森本さんの異変に全く気づいていないわけではなかった。異変に気づいた上で、もう少し経過を見るという選択をした。しかし、その根拠に患者さんのことは全く含まれていない。なぜ経過観察をすることにしたのかというと、先輩に相談するのが怖かったからだ。田所先生は温厚な先生だが、それでも僕は相談するのが怖かった。

そして、先輩に相談するのが怖いという理由で患者さんを命の危険に晒してしまった。怖いのは仕方がないが、それに打ち勝たなければいけない。患者さんのために、という気持ちが、その怖さを上回らければならない。医者は患者さんの命を救うのが仕事なのだから。しかも、僕は以前にも同じ失態を犯している。荒木先生が怖くて、自分を守るために担当患者さんの腹痛に気づいていないふりをした。あの時は平日であったため荒木先生のバックアップが早く、患者さんは大事には至らなかった。

「この4ヶ月で何を学んだの？　同じことを何回も言わせないで」

あの時、荒木先生にこう言われた。

あの一件で僕はかなり傷心した。そしてあれ以来、僕はどこか孤独だった。ずっと何かにおびえている。とても人を助けられる状態ではなかった。

「僕は手術が好きだ」

そんな理由でこの世界に入った。でも手術は患者さんの命に直結する。手術は図工ではない。好きならやればいいというものではない。手術が好きなだけで外科医をしてはいけない。

「手術って面白い」

そんな生半可な、覚悟のない状態だった。だからこうなった。

手術が好きという理由で外科医になるんじゃなかった。

逃げるのか？

「では、何か連絡事項のある人はいますか」

「はい。よろしいでしょうか？」

僕は朝のカンファレンスの最後で手を挙げると徐《おもむろ》に立ち上がり、前に出て、みんなの方を向いた。

「私事ではございますが、今月いっぱいでこの病院を辞めさせていただくことになりました。半年という短い期間ではありましたが、先生方と一緒に働かせていただき、とても勉強になりました。今までお世話になりました。本当にありがとうございました」

僕は言葉に詰まりながらもなんとか言い終えると一礼して元の席に戻った。立ち上がってから席に戻るまでの間、誰も何の反応も示さなかったので、まるで時が止まってしまったかのように感じた。もう少しどよめきやざわつきがあるかと思ったが、驚くほどみんなの反応は静かだった。

森本さんが再手術になった日の翌日、僕は辞職願を出した。

「通常、手続きから3ヶ月程度のお時間をいただいております」

受付でそう言われたが、今の状態で3ヶ月もこの病院で外科医として働くのはどう考えても無理だった。なんとかお願いし、上の人にもかけ合ってもらい、9月いっぱいで急な人事異動という形で処理してもらえることになった。

辞めると決まれば、あとはそれを外科の先生方に伝えるだけだ。しかし、どのように伝えればいいのだろうか。

「どうして辞めるのか」

まずはその理由を説明しなければならない。

患者さんを危険な目にあわせたから。なんか違う。自分は外科医には向いていないから。これも違う。

いっそのこと、親が体調を崩して急きょ実家に帰らないといけなくなったから、とか嘘をつこうか。それくらい、周りを納得させられるだけの理由が思い浮かばなかった。というか、自分でもなんで辞めるのか理由は分からない。

いろいろと考えたものの、最終的には辞めることに理由はいらないと結論づけて、「僕にはこれ以上この仕事を続けることはできない」ということだけにした。

辞めることは誰にも相談しなかった。東国《とうごく》病院の外科を否定しているようで、とても外科の先輩医師には相談できなかった。同期の早坂や外科医になるきっかけを与えてくれた石山病院の長谷川先生に相談しようかとも思ったが、結局しなかった。早坂とはこの前、一緒に頑張ろうと言い合ったばかりだ。長谷川先生は、僕が東国病院に研修に出たいと言った時に、「本当は石山病院に残って欲しいし一緒に働きたいけど、大きい病院を一度経験したほうが山川君にとってはいいかもね」と快く送り出してくれた、感謝してもしきれない人だ。僕はそういった期待に応えられない自分が恥ずかしかった。

それに、もう結論は出ていた。

誰かに相談したとしたらおそらく引き止められるだろう。引き止められた時に、それだったら辞めても仕方がないと相手を納得させられるだけの理由がない。誰に何と言われようが僕は辞める。決まっているなら相談する意味はない。

2人の患者さんを危険な目にあわせた。また、繰り返すかもしれない。というより、繰り返す可能性が高い。どう考えても外科医は続けられない。

辞めることを表明した僕に対して、外科の先生方は冷たかった。みんなこの病院に手術を勉強しに来ている。手術をしたい人はいくらでもいる。辞めたいやつは辞めればいい。僕は今、そんな厳しい世界に身を置いているのだ。

僕の名前が手術の予定表に組み込まれることもなくなった。つまり僕は、これまで1日の大半を費やしてきた手術に携わらないことになった。僕の日常生活全ての先に続けていた手術がなくなった。手術がなくなれば、新しく患者さんを担当することもなくなる。患者さんが少なくなれば病棟業務も少なくなりやがて僕の仕事はなくなる。

とりあえず朝はいつも通りに病棟に行って、残っている担当患者さんの回診を行う。日中は手術を見に行きたい思いもあったが、外科医を辞める僕にはもはや手術を見る意味はない。立場的にも行けなくなってしまったため、図書館で医学雑誌などを読んで過ごした。医局の席に戻ると先輩医師と顔を合わせることになるため、できるだけ行かないようにしていた。夕方になると再び病棟に行って回診を行い、回診が終わるとそそくさと荷物をまとめ、逃げるように病院を飛び出す。誰とも会わないよう細心の注意を払いながら。動くもの全てが怖かった。

そんなある日、いつも通り夕方の病棟回診を行っていると、反対側から外科部長の兼子先生が歩いて来た。兼子部長は世界的権威で、出張などで病院を空けていることも多く、普段仕事で関わることはあまりない。

「お前は逃げるんだな」

すれ違いざま、一礼してやり過ごそうとした僕に、兼子部長は言った。

僕は立ち止まって返事をしようとしたが、なんと言えばいいのかすぐには思い浮かばなかった。兼子部長が、僕が辞めることを知っていたというのも驚いた。

僕が答えに窮しているうちに兼子部長は行ってしまった。

僕は逃げたのかな？　僕は外科医を辞めるという決断をした。これから先、僕は何科の医者をするのだろう。それ以前に医者を続けるのだろうか。医者を辞めるとすればほかに何ができるのだろう。先のことは全く考えていなかった。ただ、今言えるのは僕は外科医には向いていないということだ。このままダラダラと続ければ、また森本さんのような犠牲者を出してしまいかねない。

「お前は逃げるんだな」

兼子部長の言葉が頭の中でこだまする。

僕は無性に腹が立った。兼子部長は僕の何を知っているというのか。僕は逃げたのではない。もう同じ失敗は繰り返せない。だから辞めるのだ。簡単な言葉を使わないで欲しい。

9月中旬になり、外科病棟主催の年に一度の懇親会が開かれた。懇親会にはたくさんの外科のスタッフが参加予定で、近くの中華料理屋を貸し切って行われた。

「ドクターは8000円でお願いします」

幹事の若い看護師さんが入り口のところで会費を集めている。明るい声で楽しそうに話しかけてくる。

僕は「はい」と小さく返事をして会費を渡すと店内に入った。会場には丸テーブルが並んでいて、席は半分ほど埋まっていたが、まだ医者は1人もいなかった。時計を見ると19時20分を指しており、開始予定時間まであと10分ある。ただ、普段19時30分に仕事が終わることはまずない。おそらくほとんどの先生は遅れてくるだろう。

かくいう僕は、この懇親会に参加すること自体乗り気ではなかった。何しろ僕はあと半月でこの病院を辞めるのだ。どんな顔をして参加すればいいのか分からない。

しかし、辞めることが決まる前に出欠を取っていたため、僕は出席になっていた。この日の当直勤務にも当たらなかったためキャンセルする理由もなく、適当な理由をつけて欠席するのもいかがなものかと悩んでいるうちにこの日を迎えてしまった。最後だし参加するからにはなんとかみんなに明るい姿を見せられればと思っていたが、いざ会場に来てみるとそんな気持ちはすっかり萎んでいた。

どうして来てしまったんだろう。そう思いながらキョロキョロと会場を見回して空いている席を探す。

「山川先生こっちこっち」

振り返ると、声の主はベテラン看護師の佐藤さんだった。そこは、佐藤さんのほかに若手の井上さん、中堅の堀江さんとバランスよく配置されたテーブルだった。僕はありがたくその席に座ることにした。

「お疲れ様です」

軽くみんなに会釈をして座る。

「お疲れ様。先生、最近元気にしてる？」

「ぼちぼちです。それより、先生方は時間通りには揃いそうにないですね」

自分の話になりそうになるのを避ける。

「そうだね」

「先生たちはいつもこんな感じですよね」

「うん。ていうか山川先生はよく間に合ったね」

「始まるのは先生がある程度揃ってからだから、たぶん8時前くらいですね」

なんとか自分から話題が逸れてホッとする。

たわいもない話をしながら会が始まるのを待っていると田所先生が到着した。

「お疲れ様です」

「お疲れ様です」

会話を一旦中断し、各々が田所先生に挨拶をする。

「お疲れ様。ここいい？」

田所先生はそう言うと、僕の2つ隣の席に座った。

田所先生で良かった。

テーブルは5人席だったため、田所先生が入ったことによって僕のテーブルは完全に埋まった。部長や荒木先生が来たらどうしようと思っていたため、田所先生が席を埋めてくれてホッとした。

田所先生に続いてほかの先生も続々と会場に到着し、席は徐々に埋まっていった。

「さて、まだ来られていない先生もいらっしゃいますが、予定時刻を過ぎていますので、そろそろ外科病棟の懇親会を始めたいと思います。では乾杯の音頭を副部長の西田先生、お願いします」

お金を集めていた看護師さんとは別の幹事の子がハツラツとした声で言った。

「どうも西田です。病棟の看護師さんを始めとするスタッフのみなさんには、日頃からお世話になっております。普段なかなかこうやって集まる機会は少ないので今日は盛り上がっていきましょう。ではみなさん立ち上がってグラスを持ってください。乾杯」

「乾杯」

一斉にそう言うと、若手の医師や看護師たちはグラスを片手に、上の先生方の元へ乾杯に行く。僕もみんなに倣って乾杯して回る。乾杯を楽しんでいる人もいれば、あからさまに社交辞令を使ってその場を凌いでいる人もいる。僕のように面白くなさそうに人の後ろをついて回る人もいた。

「お疲れ様です」

僕はそう言いながら自分のグラスを先生方のグラスにあてていく。「お疲れ」と返してくれる先生もいれば、無視する先生もいる。外科を辞めるというのはそういうことだ。

やっとのことで席に戻ると、前菜が盛られた大皿がテーブルに置かれており、すでに若手看護師の井上さんが席についていた。僕と同じで上の先生と盛り上がることなく最短で挨拶回りを終えたのだろう。

「美味しそうだね」

前菜を眺めながら特に意味を持たない言葉を発する。

「そうですね」

会話が展開することなく終了する。

先に食べ始めるわけにもいかず、手持ち無沙汰な僕たちはビールに口をつけたり、おしぼりを三角に折ったりして、みんなが帰って来るのを待った。

「おお、料理きてるじゃん。早く食べよう」

「そうだね」

残り2人の看護師さんと田所先生が戻って来た。

お酒が進むにつれて場は温まっていった。みんなどんどん饒舌になる。井上さんでさえも頬を赤らめて楽しそうにしている。

一方でお酒がほとんど飲めない僕は1人取り残された。

話題は自然と仕事の話が中心になる。外科を辞める後ろめたさから、僕はほとんど自分から言葉を発することができず、早く時間が過ぎればいいのにと思いながら、適当に相槌を打った。

会が終盤を迎えた頃、隣に座っていた佐藤さんが不意に僕に話しかけてきた。かなりお酒が回っているようだ。

「先生、今月で辞めちゃうの？」

どう答えるのがいいのだろう。田所先生のほうをちらっと見たが両隣の看護師さんと会話中で気付いてもらえなかった。

助けを求められなくて一瞬戸惑ったが、第三者が聞いていないのならむしろ答えやすい。僕は正直に質問に答えることにした。

「はい」

「先生は本当に優しいよね」

「いいえ、そんなことはありません」

「素直に育ってきたんだろうなって感じがする。たぶんお母さんの育て方が良かったんだね」

「いいえ、とんでもないです」

どう答えていいか分からず、とりあえず謙遜する。

「高校は私立？」

「地元の公立高校です」

「医学部には現役で入ったの？」

「いえ、1年浪人しました」

「予備校に通っていたの？」

「はい」

「予備校のお金は親に出してもらったの？」

「そうですね」

何が言いたいのか分からない。ただ問いかけられた質問に答えていく。

「環境に恵まれていたんだね」

「そうかもしれませんね」

圧倒的に恵まれていたとは思わないけれど、不自由なく生きてこられたのも事実だ。

「勉強させてもらって、医学部に入れてもらって」

「はい」

「だからこんなに素直な子に育ったんだ」

「……」

だんだん佐藤さんの言いたいことが分かってきた。確かに僕は恵まれているのかもしれない。しかし、何の努力もせずにここまで生きてきたわけではない。辛い思いもしてきたし、挫折も味わってきた。部活でも受験でも苦杯を嘗めてきた。そこから踏ん張ってきたから今があるのだ。

僕はムッとして、佐藤さんから目を離し、ビールグラスに手を伸ばした。

すると佐藤さんが突然立ち上がった。そのせいで、椅子と床が擦れる大きな音がした。完全に目がすわっていた。

「だからこんなに世間知らずで甘ったれた子になったんだよ！」

そう言って僕の胸ぐらを掴んだ。

場の空気が凍る。僕は驚いて佐藤さんの方を向いたまま動けなかった。

「佐藤さん、飲み過ぎだよ」

田所先生がそう言って、割って入ってきた。佐藤さんの手は僕の胸から簡単に離れた。

佐藤さんは椅子に座るとそのまま机に突っ伏して動かなくなった。

僕はどう振る舞えばいいのか分からず、視線をテーブルに落としたままぬるくなったビールを一口飲んだ。みんなの視線が痛かった。

アッペ③

「調子はどうですか」

僕はそう言いながら、森本さんのシャツを捲る。いつものように創（傷）を診てお腹を触る。

「もう痛みもほとんどないし、ご飯も全部食べられています」

「お通じも出ていますか？」

「はい、普通の便が出ています」

再手術後の森本さんの経過は良好だった。

「もうそろそろ退院できそうですね」

「本当ですか？　良かった」

「田所先生と相談して、退院日をお伝えしますね」

「はい、よろしくお願いします」

「では、失礼します」

僕がそそくさと病室を出ようとすると、背後から「ありがとうございました」と言う森本さんの声が聞こえた。僕は一瞬振り返ってお辞儀をして病室を出た。何か一言返すべきだったのかもしれないが、何も言葉が出てこなかった。

再手術になったのは僕のせいなのに、それでも主治医として回診するのは辛かった。森本さんはとてもいい人で、僕を責めたりしないし、再手術後も変わらず接してくれる。それもまた僕の心を傷めた。

病室の外に出ると、ちょうどご主人がお見舞いに来たところに出くわした。ご主人に会うのは、再手術の日以来だから約2週間ぶりだ。

「おはようございます」

僕が声をかけると、ご主人は表情を崩すことなく軽く会釈を返してきた。

「奥様、順調に良くなってきていますよ」

「そうですか」

「近いうちに退院できると思うので、正式に決まったらお伝えしますね」

「分かりました」

ご主人はツンとしていた。おそらく僕に不信感を抱いている。それは仕方がない。妻が命の危険に晒されたのだ。逆の立場だったら僕も担当医に対して不信感を抱くと思う。

「何かあればおっしゃってください」

僕は患者さんから離れる時の決まり文句を言って、その場を後にした。

東国《とうごく》病院での勤務も残すところあと1週間となり、常時10人を超えていた担当患者さんも今では森本さん1人になっていた。

辞めることが決まってからというもの、担当患者さんは日に日に少なくなり、手術に入ることもなくなった僕には考える時間がたっぷりあった。頭の中は雑念だらけ。

「お前は逃げるんだな」

「だからこんなに世間知らずで甘ったれた子になったんだよ！」

これらの言葉が四六時中頭から離れなかった。

僕は逃げていない。これ以上犠牲者を出してはいけない。医者は人の命を預かっている。手術が好きだから外科医になるというのがそもそもの間違えだったのだ。そんな独りよがりな思いで続けることが許される仕事ではない。手術が好きだとか、人を助けたいとか、そういうことではなく、人の命を助ける能力がある人だけが続けられる仕事なのだ。だから僕は外科の世界から身を引く。

僕は甘ったれてもいない。本当は手術がしたい。これからも外科医を続けたい。でもそれは許されない。何事もなかったかのように続けることもできた。だけどそれは自分の道徳に反する。自分の失敗は自分で責任を取らないといけない。だから、辞めるのは当然だ……。

こんなことをいつまで続けるのだろう。懇親会以来、僕は暇さえあればずっと同じことを考えていた。いつも行き着く先は同じで、自分の中で結論は出ているはずだった。逃げてもいないし、甘ったれてもいない。そのことを頭の中で論理的に説明する。誰に聞かれるわけでもないのに、いつ誰に聞かれても答えられるように復唱する。考えるのはしんどいし、時々どうでもよくなるのだが、気がつけばまたこのことで頭がいっぱいになっていた。

そんな辛い日々もついに終わりを迎える。今日は東国病院での最後の日だ。やっとこの苦しみから解放される。そう思うと、清々しかった。

「いよいよ退院ですね。おめでとうございます」

奇しくも僕の東国病院での最後の日と森本さんの退院が同じ日になった。

「ありがとうございました」

森本さんはすでに荷物をまとめ、私服を着てきっちりと化粧もしていた。その姿に病人の影は一切感じなかった。

普段の森本さんはこんなに美人だったのか。化粧をした森本さんを見て、改めて森本さんは入院中必死で病と闘っていたんだなと感じた。

隣にはご主人もいて、こちらも心なしかいつもよりおしゃれに決まっている。2人が寄り添う姿はこれからデートに行くカップルのようだった。

「2週間後の水曜日に田所先生の外来を予約していますので、忘れずに来院してくださいね」

「分かりました」

「それまでに何かありましたら、すぐにご連絡ください」

「はい、お世話になりました」

森本さんは笑顔でそう言った。僕も笑顔を返したが、うまく笑顔を作れていたかどうかは分からない。

「それでは、気をつけてお帰りくださいね」

僕はそう言ってお辞儀をすると、病室を出た。

僕の最後の患者さんが退院する。きっとこれが正解なんだ。志半ばで辞めるのは悔しい。だけど、外科の世界に飛び込んで、自分なりに一生懸命にやってきた。手術にも病棟業務にも必死で食らいついてやってきた。それでダメだったのだから諦めはつく。悔しいというより清々しい。

「先生！」

振り向くと、森本さんが病室の前に立ってこちらを向いていた。

「どうしました？」

僕は森本さんの元に小走りで向かう。

「聞きたいことがあるんだけど、部屋に入ってもらえますか」

「はい」

一体、なんだろう。僕はそう思いながらも、森本さんの後について再び病室に入った。

「忙しいのにごめんなさい」

「いえ、僕は全然大丈夫です」

森本さんが退院すると、僕の仕事は終わる。森本さんは今の僕にとって唯一の患者さんなのだ。謙遜ではなく、いくらでも時間をかけられる。

「先生の外来はいつ？」

「え？」

予想外の言葉に戸惑う。

「私、先生に診てもらいたいので、予約の変更はできませんか」

「えっと……」

森本さんは今日退院で、田所先生の外来の予約が取られている。森本さんは予約票を受け取っているはず。それなのになぜ……。

先に涙が滲んできた。遅れてようやく頭が理解した。

「残念ながら僕は外来の枠を持っていないので」

それどころか僕は今日でこの病院を辞める。しかし、それを森本さん夫婦に伝える必要はない。枠がないから診れない、ということで十分。

「そうか。じゃあ仕方がないですね」

「でもそう言っていただけて、本当に嬉しいです。今までありがとうございました」

ごまかそうとしていた涙は瞬きで溢れてしまった。思いのほか涙は、すぐに止まってくれなかった。

「やだ先生、泣かないでください。感謝するのはこっちですよ。先生のことは忘れません。これからも素敵なお医者さんでいてくださいね」

「いや」

僕のせいで、と言いかけてやめた。言うべきではない。でも、僕のせいで森本さんは危険な目にあったのだ。そんな立派な言葉は受け取れない。

「おれ、知っているんだ。言いにくいことなんだけど……」

僕が言葉に詰まっているのを見て、ご主人が話し始めた。

「おれ、実は再手術の翌日、主治医を変えて欲しいと頼んだんだ」

「そうだったんですね」

続きを聞くのは怖い。でも、僕は全てを聞かなければいけない。ご主人も勇気を持って話を切り出している。奥様の主治医として受け止めないといけない。

ご主人は再手術の翌日、病院に来て、僕を主治医から外して欲しいと言った。

するとその話を聞いた田所先生がこう言った。

「山川の対応が早かったから奥様は助かったんです。もう少し対応が遅れていたら手遅れになっていたかもしれません。それをご理解いただいた上で山川を主治医から外して欲しいならそうします」

いや、そうではなくてむしろ逆です、と僕は口を挟んだが、ご主人は話を続けた。

「山川先生が見逃したから裕美は危ない目にあったんだろう？」

ご主人は田所先生の説明に納得がいかず問い詰めた。

すると、田所先生は怖い顔をして次のように言ったそうだ。


――それは違います。実は僕も陰で裕美さんの経過をチェックしていました。僕は指導医なのでその責任があります。金曜日に行った採血では少し炎症の数値が悪くなっていましたが、山川は特に大きな問題はないと判断しました。多少悪くなっても土日は乗り越えられる程度だと判断したようでした。僕も同じ意見だったので何も言いませんでした。僕が主治医でも同じ判断をしたと思います。

裕美さんが急変した当日も山川がすぐに駆けつけて僕に相談してくれたから、なんとか間に合いました。僕は山川に電話をもらった時、本当に急変なのか疑いました。それくらい裕美さんの術後経過は問題なかったんです。あの状況で深夜に上級医に電話をするのはとても勇気がいることですが、山川がそこで勇気ある判断をしたからこそ間に合ったんです。

山川はおそらく自分を責めています。僕も合併症が起こった以上、上級医として山川に優しい言葉をかけることはできません。ただ、裕美さんの主治医までおろすのは酷です。外科の中でも槍玉にあげられているし、山川は精神的にかなり追い込まれていると思います。しかし、そんな状況でも山川は言い訳せずに必死にやっています。退院まで必死に裕美さんを診ると思います。もし今後、山川に粗相があればすぐに担当を外しますが、チャンスをいただけませんか――。

田所先生は陰で見てくれていた。僕が精神的に参っていたことにも気づいてくれていた。僕はこの話を聞いて少しだけ救われた気がした。

「おれは勘違いしていたよ。実際、先生は再手術の後も裕美を最後までちゃんと診てくれた。先生が主治医のままで本当に良かった。ありがとうございました」

「いえいえ、とんでもありません」

田所先生がうまく言ってくれただけで、僕のミスには変わりない。

「でも謝っちゃダメだ」

「え？」

「手術が終わった後に、先生のミスなのかと聞いたら、先生は謝っただろ？」

「はい」

そういえばそうだ。あの時、実は謝ろうかどうか悩んだけど、迷った時は謝ったほうがいいと思って謝った。

「医者が謝ったらダメだ。医者に謝られたらおれたち患者側は何を信じればいいんだ。一生懸命やってくれたんだろ？　それなら、僕にできることは全てやりましたと堂々としていないと。おれたちは先生に任せたんだ。その先生が全力でやってくれたならどんな結果でも最後は納得できるんだよ」

なるほど。僕は誠実に謝ったつもりだったが、それがこんなにもご主人を悩ませてしまっていた。本当に不用意だった。医者の一言の重さを痛感する。

「はい」

気の利いた返事はできなかったが、心にはしっかりと響いた。すみません、と続きそうになるのはなんとかこらえた。

「私にとって先生は今でも一番だけど、これからもっともっといいお医者さんになってくださいね」

「はい」

森本さんは素敵な言葉をくれる。

僕はこれからも医者を続けるのだろうか。少なくとも外科医は辞める。そのことを思い出したが、もう言えない。

「また、病院に来るからもし会ったらよろしくお願いします」

「はい。それでは、お気をつけて」

こうして、僕は森本さん夫妻とお別れをした。今日で辞めること、やっぱり言いたかった。森本さんとご主人が相手なら、言えばよかった。


こうして僕の最後の患者さんが退院していった。

担当患者の数が遂にゼロになった。まだ昼前だった。

僕はゆっくりと医局まで歩いた。

ついに終わった。しんどかった。やっとこの苦しみから解放される。

でも森本さん夫婦にあんなふうに思ってもらえていたなんて。何だろう、嬉しい。もうどうすることもできないけど嬉しすぎる。


医局の自分の荷物をまとめる。といっても、ここに赴任してまだ半年。それほど大荷物ではなかった。まとまった荷物を見て、この長い戦いはたった半年間だったのかと思ったくらい。

14時頃になって、僕は食堂に行くことにした。最近では、人目を避けるためにあえて混み合う時間帯を避けるようにしていた。

A定食とB定食は売り切れていたため、C定食にした。C定食の魚のフライは冷めていたし、自由に選べる小鉢もマカロニサラダしか残っていなかった。

この時間帯になると、食べたいものを選べないことがほとんどだったが、僕にとっては、食べたいものを食べるよりも静かにご飯を食べられることのほうが大事だった。

今日でこの風景を見るのも最後か。窓際に座って、電車を眺める。話し相手がいない僕はいつもこうして過ごしていた。

「ここいいか」

誰かに声をかけられた。

僕と同じくC定食とマカロニサラダを乗せたお盆を上に辿っていくと、兼子部長だった。白衣の中に手術着を着ているので、手術後なのだろう。

「あ、はい、どうぞ」

もう少し早く来ていればよかった。最終日なのに逃げ切れない。僕は間が悪い。

僕は兼子部長のほうをちらちら見ては、話しかけるわけでもなく、また視線を落として箸を進めた。

本当は兼子部長には個別に辞職の挨拶をしなければいけないと思っていた。しかし、なかなか勇気が出なかった。もたもたしているうちに「逃げるんだな」と言われて、ますます挨拶しづらくなってしまっていた。あの時からずっと引きずっていた怒りの感情は、さっきの一件で吹き飛んでいた。

「先生、ご挨拶が遅くなって申し訳ありません。今日で東国病院を辞職することになりました。今まで本当にありがとうございました」

言わないよりはマシだと思って言った。当然、部長が知らないはずがない。

「そんなことはいいんだよ」

兼子部長は箸を止めてこちらを向いたが、そう言うと視線を戻した。

「すみません」

僕も昼食を再開する。

再び沈黙が流れる。もう僕から話せることは何もなかった。

「次は決まっているのか?」

沈黙を破ったのは部長だった。

「いいえ、決まっていません」

「誰かに相談はしたのか」

「いいえ、していません」

「山川君、医者は誰のために働いていると思う?」

「患者さんのためですかね……」

「違う。自分のためだよ」

「はあ」

「人間は他人のためには働けない。自分のために働くんだよ。そうだな、ギリギリ家族のため、というのはあるかもしれない。でもそれではいい仕事はできない」

「はあ」

「山川君は何しにここに来たんだ？」

「手術を学ぶためです」

「それは患者さんのためか？」

「いえ、自分のためです」

「そうだろう？　ここで手術を学ぶためだろ？」

「はい」

「どうして手術を学びたいんだ？」

「……」

どうしてだろう。

「手術がうまくなりたいからだろ？」

「はい」

「じゃあ、どうして手術がうまくなりたいんだ?」

「……」

なんでだろう。

「手術が好きだからだろ?」

「はい」

「やっぱり患者さんのためじゃなくて自分のためじゃないか。手術が好きでうまくなりたいから君はここに来たんだよ。それは君の先輩たちもみんな一緒だ」

「はい」

言われてみればそうだ。僕は自分のためにここに来た。

「僕たちは給料をもらって働いている。でも給料のためだけじゃない。手術が好きでうまくなりたくて働いているんだ。申し訳ないけど、患者さんが出てくるのはその先。手術が上手くなった結果だよ」

「はい」

「やりたいことをやって給料をもらえる仕事はそれほど多くない。世の中そんなに甘くはない。ただ外科医はそれが許されるんだよ。むしろそういう気持ちがないとうまくなれないし、患者さんを助けられる外科医にはなれない。患者さんのためにとか言っていてはダメ。自分が上手くならないとダメなんだ。結果、患者が助かったとならないと」

「はい」

「一流は自分のために仕事ができる。でも実は、自分のために仕事をするのが一番しんどい。君が次に何をするのかは知らないけど、それを忘れてはいけないよ」

そう言うと部長はお盆を持って立ち上がった。

「ありがとうございます」

「しっかりしろよ」

部長はそう言い残して去って行った。

自分のために仕事をする――。

今までそういう考え方をしたことはなかったし、今までの僕なら今の話は響かなかったと思う。でも今なら理解できる気がする。医者として大賛成ではないけれど、それも一理あるなとは思える。

「患者さんのために必死になれない」という悩み。僕がずっと抱いていた悩み。でもそんな悩み、部長には最初からない。いや違う。僕にこんな話をしたということはもしかしたら部長も若い時に同じ悩みを抱えていたのかもしれない。部長だけじゃない。他の先輩も同じ。そんな葛藤を乗り越えて、あるいはそんな葛藤と闘いながら、目の前にあるやるべきことに向き合っているのかもしれない。僕はそんなかっこいい悩みにただただ甘えていた。

「ご馳走様でした」

僕は手を合わせて小さく呟くと立ち上がり、食堂を出た。

医局の自分の席に戻ると帰る支度をした。森本さんが退院すれば受け持ちの患者さんがいなくなるため、午後からは有給休暇を取っていた。しかし、帰る前に挨拶しておかなければいけない人がいる。

田所先生は自席で手術動画を観ていた。

「田所先生」

声をかけると、田所先生は動画を中断してこちらを見た。

「おお、山川君。今日で最後だよね。お疲れ様。どうしたの？」

こうやってさらっと対応してくれるのが有難い。

「一言先生にご挨拶しておきたくて」

「いいのに、そんなの」

「いえ、先生には本当にお世話になったので。短い間でしたが、ありがとうございました」

僕は頭を下げて、準備していた菓子折りを渡す。

「ありがとう。山川君、少し時間ある？　せっかくだからあっちで話そうか」

田所先生はそう言って医局横の面談室を指した。

中に入ると、田所先生は1人用のソファに腰掛け、僕は向かいにある横長のソファに座った。

「半年間、外科医をやってみてどうだった？」

「大変でした。肉体的には大丈夫だったのですが、精神的にきつかったです」

「そうだよね。何が一番辛かった？」

「先輩に怒られるのが怖くて、相談できなくなったことです」

「そんなのよくあることだよ」

「そうなんですか？」

「僕だって山川君くらいの時は、なかなか先輩に相談できなかった。知識がないから、質問の仕方も分からなくて、ただ『どうしたらいいですか』というような質問になってしまう」

「僕もそんな感じでした。ただ、それでも分からないことがあれば聞いて、患者さんに迷惑をかけないようにしないといけないと思うのですが、僕にはそれができませんでした」

「山川君は真面目だね。そんなのみんな経験してきているよ。上級医に何も言わずに勝手に判断して失敗して怒られる」

「でも僕はそれを2回も繰り返しました」

「1回目は荒木の患者だろ？　あの時は大変だったね」

田所先生は笑いながら、まるでずいぶん昔のことかのように当時を振り返るように言った。

「それで、2回目は？」

「森本さんです」

「森本さん？　あれは君のミスじゃないよ」

「いいえ、実は急変の日の朝、回診で森本さんの腹痛が悪化していることに気づいていましたが、すぐに先生に相談できませんでした。結局、悪くなってどうにもできなくなってからしか相談できませんでした」

「少し腹痛が悪化したくらいで休日の上司に電話をかけることはできないだろう。むしろしないほうがいい。そもそもおれは裏でカルテをチェックしていたけど、山川君に落ち度はないよ。急変は避けられないこともあるんだ」

「でも金曜日の時点で一言相談すべきでした。それができなかったのは、怒られるのが怖かったからです」

「1回目は単に荒木が怖くて相談できなかったのかもしれないけど、2回目は君がおれに相談する必要はないという判断をした。その判断が正しいかどうかは別にして、主治医として自分で判断したんだからそれでいいんだよ。医者は神様じゃないんだから。その時、正しいと思える判断ができればいいんだ」

「僕はあの時、自信を持って判断したわけではありません」

「自信がなかったから何なんだ。それを横で見ていて正しいと思ったからおれは口出ししなかったんだよ」

「はい」

「君はそうやってうだうだ言って、結局辞める理由を探しているだけじゃないのか？　甘いよ。そういうことなら一度辞めて頭を冷やすべきだね、とはならない。誰も辞めることを肯定してくれない。辞めたいなら辞めればいいけど、自分を正当化するようなことはしないほうがいい」

「……はい」

そうか。そういうことか。僕は「外科がしんどくて」辞めたかったんだ。外科の世界から逃げ出したかったんだ。今の田所先生の言葉で初めてそれを自覚した。ただそれだけのことなのにそれらしい理由をあれこれ考えて辞めることを正当化しようとしていたんだ。逃げることを認めたくないがために。

「お前は逃げるんだな？　だからこんなに世間知らずで甘ったれた子になったんだよ」

それが分かった途端に、ずっと引っかかっていた言葉たちが消化されていく。どれもこれも的を射た発言。僕に浴びせられるべき発言だったと思う。

「外科に入って1年目なんだから、辛いのは当たり前で怒られるのも当たり前。失敗するのも当たり前のことだろう。それを当たり前のことだと思わなきゃ」

田所先生はそう言って優しく微笑むと、立ち上がってドアのほうに一歩踏み出した。

「はい」

僕も追いかけるように立ち上がる。

田所先生はドアの前でこちらを振り返ると僕に向かって最後の言葉をかけた。

「君はここまですごい成長を見せてきた。学年の近い先輩や同期の東《あずま》は君のことを見て脅威に感じていたと思う。みんな喜んでいると思うぞ。ライバルが1人減ったって。ライバルをこのまま喜ばせるのは悔しいだろ？　僕も悔しい。ちょっと休憩したらまた外科の世界に戻っておいで」

「はい。ありがとうございます」

僕は心を込めて深々とお辞儀をする。嬉しかった。泣きそうになるほど嬉しかった。

病院を出ると、いつも通り家までの道のりを歩いた。外は晴れていて太陽の光が眩しかった。公園には砂場で遊ぶ子どもたちとそれを見守る若いお母さんたちの姿があった。一歩病院の外に出ると、こんなにも穏やかな風景があったのかと不思議な気分になる。

3月に初めてこの街に来た時のことを振り返る。もちろん不安はあったけど、希望のほうが大きかったと思う。怖いもの知らずで無邪気な子どものようだった気がする。ワンルームマンションに到着すると荷物を下ろして一息ついた。部屋の中はすでに荷物が整理されており、いつでも引越しできる状態になっている。

もうこの家ともお別れか。まだここに来て半年なのに。やっぱり自分が情けない。

「お前は逃げるんだな」

部長のこの一言は今の僕を象徴している。手術を勉強しに東京に出てきたのにもかかわらず、わずか半年で東京を去る。まだ勝負は始まってもいないのに。


「もしもし、神谷です。山川さん、お疲れ様です」

携帯電話越しに神谷君の声が聞こえてくる。

時刻を見るとすでに20時を過ぎていた。寝てしまっていたようだ。

「神谷君、お疲れ様。どうしたの?」

僕は声の調子を整えてから答えた。

「山川さん、今日で東国病院最後だったんですよね。聞きました」

「うん、そうだよ」

「山川さんには本当にお世話になったので、ご挨拶をしたいと思い、電話をしました」

「いやいや、そんな。僕は何もしていないよ」

「僕、実は外科医になることにしたんです」

「え、うそ？　そうなの？」

神谷君は小児科志望だったはずだ。親御さんが小児科のクリニックを開業していると言っていたし、小児科に決まりだと思っていた。

「はい。山川さんの働いている姿や勉強している姿を間近で見せてもらって、僕も外科に入れば熱い気持ちを持てる気がして決めました」

「そんな簡単に決めていいの？」

「初期研修はまだ残り半年ありますが、いろんな科をローテーションしてきて、一番楽しかったのが外科だったんです。それに山川さんの姿を見て自分も頑張らないといけないなとやっと思えたんです。外科を回っている時は半信半疑でしたが、今は決意は固いです」

僕も研修医の時に長谷川先生に山川君は外科志望だと煽られて、外科に向いているよとその気にさせられて、外科医になった。神谷君よりもずっと衝動的な決め方だったかもしれない。

「そうか。なんか嬉しいよ。頑張ってね」

自分の姿を見て、後輩が外科医になってくれるなんて、これまた嬉しすぎる。やるからには頑張って欲しい。

「ところで山川さんは外科医、辞めちゃうんですか?」

「うん。たぶん」

正直に答えると神谷くんを裏切ってしまうような気がして一瞬どう答えようか迷って、曖昧に答えた。

「そうですか。残念です」

「ごめんね」

「謝らないでください。僕は本当に感謝しています。また一緒に働く機会があれば嬉しいです」

「その時はよろしくね。わざわざありがとう」

「はい、ではまたどこかで」

神谷君は僕が外科医を辞める理由を詮索してこなかった。それがすごく有難かった。

こんな僕のことをよく思ってくれる患者さんがいる。こんな僕に外科医を続けて欲しいと思ってくれている先輩がいる。こんな僕を見て外科医になりたいと思ってくれる後輩がいる。

今になって、辞めた今になって、嬉しいことの存在に気付く。遅すぎるよ、出てくるのが。いや、気が付くのが遅すぎたのか。夢を持って東国病院に来て、わずか半年で夢を諦めて東国病院を去る。

今の僕に残された現実はたったこれだけだ。

無念だ。どう考えても無念だ。だけどそれはあくまでも周りから見てのこと。僕自身のとらえ方は少し違う。もちろん、次に生かさなければただの「無念」に終わってしまうけど。

葛藤の末

「先生、この問題はどうやって解けばいいの」

「そうだね、まずは車の速さをx、駅までの道のりをyに置き換えて、方程式を作ってみたらどうだろう？」

「xとか出てくると分からないよ」

「大丈夫。まずは式を作らないと始まらないよ。式を作るためにはxが必要なんだ。道のり＝速さ×時間の公式に当てはめて式を作ってみよう。その続きが分からなかったらまた質問においで」

東国《とうごく》病院を辞めて実家に帰った僕は、個人塾の講師として働いていた。最初は何もせずに家でダラダラと過ごしていたが、一日中家にいるのは退屈だし、両親の目も気になったため、アルバイトをすることにした。大学生の時にアルバイトをさせてもらっていたこの塾に連絡してみたところ、ちょうど人がいないから助かるよと塾長が二つ返事で雇ってくれた。

「山ちゃん、ちょっと時間ある？」

授業が終わって生徒を見送った後、帰宅の準備をしていると、塾長から声をかけられた。

「まあまあ座って」

面談室に通され、僕は促されるままにソファに座った。

「もう医者は辞めるの？」

「そうですね、今のところ復帰する予定はありません」

東国病院での最後の日、僕はいろいろな言葉をかけられた。それらはいずれも僕を勇気づけるもので、あの日僕は、いずれ外科医に再挑戦したいと思った。しかし、時間が経つにつれてその思いは徐々に薄れていき、むしろ医者や医療の話題を遠ざけるようになっていた。やはり怖さを感じるのだと思う。

「もし良かったらここで正社員にならない？　人手不足で困っているんだ。もちろんまたお医者さんに戻りたくなったら戻って欲しいし、戻るべきだとも思うけど、それまでの繋ぎでどうかな」

「そう言っていただけてありがたいです。ただ、まだ働き始めたばかりなのでもう少し時間をいただけませんか？」

「分かった。待つよ。山ちゃんのタイミングでいいから声をかけてよ」

「はい。ありがとうございます」

僕はこの塾で必要とされている。それが嬉しかった。この喜びは外科医として働いている時に感じることはなかったものだ。この塾にいれば必要とされることの喜びを感じられる。

「おかえり」

家に帰ると、父はすでに帰宅していて夕食の途中だった。

僕はいつものように父の向かいに座る。

「悠、ご飯食べるよね？」

「うん」

母の言葉に頷く。僕は自分のコップと箸を準備してご飯が出てくるのを待った。

「どうだ？　仕事は順調か？」

父がいつものようにざっくりした質問を投げかけてくる。

「まあまあかな」

僕も当たり障りのない返答をする。

塾で正社員にならないかと提案されたことは言わなかった。

「はい、どうぞ」

今日の夕食が僕の目の前に並べられる。

「いただきます」

僕は静かに手を合わせてから食べ始めた。

塾でアルバイトを始めて3ヶ月が経とうとしていた。それにしても僕はなんで正社員の話を受けなかったのだろう。塾長に声をかけられた時からなんとなくそういう話が出るのではないかと予想していた。塾で生徒に勉強を教えるのは楽しいし、塾講師という仕事は穏やかな自分に向いているとも感じている。

ところで、僕に向いていることって何なんだろう。パッと思い浮かぶ特技はない。医者になってからは仕事と勉強の日々で、特に趣味らしい趣味もない。野球は好きだけど社会人になってからは一度もボールを触っていない。

そもそも好きなことや得意なことを仕事にできるのは、スポーツ選手やミュージシャンなど一部の限られた天才だけだ。残りの人間は嫌な仕事でも生きていくために歯を食いしばって働かないといけないのだ。

医者は自分の専門科を自分で決めることができる。僕は自分で外科医になる道を選んだ。給料もほかの職業の同世代の人たちと比べてかなり高いほうだった。しかも部長の言葉を借りると外科医は自分のために仕事ができる。それなのに、僕は仕事が嫌で辞めた。これは世間的にはあり得ないことなのかもしれない。嫌でも続ける。条件が悪くても続ける。生きるために続ける。仕事はきっとそういうものだ。

父も母も仕事をしている。その仕事が楽しいものなのか、辛いものなのかは分からない。でもいずれにしても両親は与えられた場所で必死に働いてきたんだと思う。僕は自ら選んだ仕事にもかかわらず続けられなかった。

「悠は本当に昔から魚を食べるのが上手よね」

隣に座っていた母がふいに僕の皿の上の魚の骨を見てそう言った。

「本当だな。お前より上手に魚を食べるやつはいないかもな」

父が同調する。

「そうかな」

僕は否定も肯定もしなかった。そういえば、昔は魚を食べるたびに食べ方が上手だと言われて得意な気持ちになっていたような気がする。

「僕はこれからどうなるんだろう……」

考え事をしているとつい口から言葉がすべり出た。言った瞬間、しまったと思ったがもうみんなに聞かれてしまっていて、なかったことにはできない。僕の思いもよらない発言に両親は顔を見合わせている。

僕は両親に医者を辞めることを相談しなかった。そこに至るまでにはいろいろな思いがあったが、両親を困らせたくないという気持ちが一番強かった。

「悠、医者を1人育てるのにいくらかかるか知ってるか？」

この場をどうしたものかと思っていると、父がすぐに突破口を開いてくれて救われる。

「いくらかかるの？」

母が身を乗り出す。

僕は黙って母と父を交互に見る。

「1億円くらいかかるみたいだよ」

父は少しもったいぶるように言った。

「そんなにかかるの？」

「解剖とか実習の費用がかなりかかるそうだ」

「そうなんだ。1人のお医者さんを育てるのにずいぶんお金がかかるのね」

母は感心している。僕も知らなかったし、考えたこともなかった。

「悠は国公立大学の医学部に行ったから国がその1億円を負担したんだ。お父さんの金だったら文句は言わないけど、国のお金で医者にしてもらったんだから恩返しをしないとな」

僕は黙って頷いた。なるほど。そういう話に繋がるのか。

「悠は医者を続けたいんでしょう？　答えは決まっているじゃない。もう一回、一からやりなさいよ」

父に続けて母も話し始めた。母も話の展開が分かっているようだ。

「お母さん、夏休みにうちに帰ってきたあなたを見て、東京でかなりしんどい思いをしているんだろうなって思った。正直、どこかで辞めて帰ってきちゃうんじゃないかって」

バレてたんだ。表には出していないつもりだったが、滲み出ていたのかもしれない。

僕は黙ったまま続きを待つ。

「悠が医者になるって言った時、気の弱いあなたにそんなプレッシャーのかかる仕事が務まるわけがないって思った」

そうだったんだ。そんなふうに思っていたなんて知らなかった。さっきまで会話に参加していた父は新聞を眺めながら耳だけこちらに向けている。特に驚いた表情を見せないのは、知っていたからなのかもしれない。

「あなたが小学生の時に野球を始めたいって言い出した時、お母さんが反対したの、覚えてる?」

「うん。なんとなく。野球がしたいんじゃなくてユニフォームが着たいだけでしょう、って言われたことは覚えてる」

僕は当時、病弱で体が小さく、学校でも休み時間に外で遊ぶような活発な子どもではなかった。母は冬にストーブの前でじっと過ごすような僕が本気で野球をしたいと思っているとは思えなかったのだろう。

「お母さん、あの時悠を信じてあげられなかったことをほんとに後悔しているの。お父さんがいなかったらたぶん、あなたは野球をやっていなかったと思う」

「そんな昔のことは全然気にしてないよ。実際に野球を続けられたのはお母さんが応援してくれたからだと思うし」

「だからね、医者になりたいって言った時、心配もあったけど今度こそは心から応援しなくちゃいけないって思った。あなたが自分から何かをやりたいって言ったのは野球の時以来だったから。野球を通して友だちもいっぱいできて体も強くなった。野球を通して私が想像のつかないくらい立派になった。医者はそう簡単になれる職業じゃないけど、医者になるんだって、一生懸命に努力して、本当になっちゃった。これからどんなに立派な子になっていくんだろうと思うとワクワクする。違うね、もう子供じゃない。だから悠、自分の思った通りにやれば大丈夫よ」

「ありがとう」

父も母もまるで僕が相談するのを待ちかまえていたかのようだった。そして僕はその罠にまんまと引っかかった。引っかかって良かった。

「誰かに相談はしたのか」

東国病院での最後の日、部長から言われた一言が蘇る。

僕は今まで誰にも相談してこなかった。

今回、両親に自分の思いを打ち明けたのは意図したことではない。でも相談したいという気持ちは心の内に秘めていた。それはおそらく、辞めることになっていろいろな人から勇気をもらい、やっぱり外科医を続けたいという気持ちが芽生えてきたからだと思う。

辞めると決めた時に誰にも相談しなかったのは、色々理由はあったと思うけど、一番は引き止められるのが嫌だったからだ。あの時は外科医を続ける気はなかった。というより続けられる状態じゃなかった。でもそれが単なる逃げだという現実に直面するのが怖かっただけかもしれない。

「逃げた」という現実を受け入れられつつある今だからこそ、両親に意見を求めることができたのかもしれない。

もう気持ちは固まった。こんなことなら早く現実を受け入れて誰かに相談すれば良かった。そう思う気持ちもなくはないが、自分には必要な時間だったのかもしれない。

「1回辞めたことをまた始めるのはとても大変だぞ」

「でも悠なら次はきっと大丈夫よ」

僕はまだ答えていないのだけど、もう思いは両親に伝わったらしい。

エピローグ

僕は、4月から地元の「望病院」への就職が決まり、新居への引越しを無事に終えていた。新居は築20年の1Kのアパートで家賃は3万円だった。東京の家より広いが、所々壁紙が剥がれていたり床が傾いていたり、間取りも古めかしい。何よりも、決定的に違うのは、とりまく環境だった。すれ違う人のほとんどは高齢者だ。お店も徒歩圏内には昔からあるクリーニング屋とローカルなスーパーくらいしかない。

「悠、望病院は近くだしうちから通えばいいじゃない」

母は職場が決まった時にこう言ってくれた。

「家の駐車場、一台分余っているから使っていいんだぞ」

父も母と同じ意見のようだ。

「近いといっても、すぐにかけつけられる距離じゃないしね」

両親の気遣いはありがたかったが、実家から通うという選択肢はなかった。外科医はいつ呼ばれてもいいようにスタンバイしておかなければいけない。実家にいてはそういうモードにはなれない。

「そうか。残念だけど、山ちゃんならきっといいお医者さんになれるよ」

僕は、あの後すぐに塾長にアルバイトを辞めたい旨を伝えた。塾長は残念そうではあったが快く受け入れてくれた。

「正社員にならなくても今すぐ辞める必要はないんじゃない？　次の就職先が決まるまでいてくれていいんだよ」

「いいえ、中途半端な気持ちではみなさんにご迷惑をおかけすると思いますので」

「バイトなんだからそんなに真面目に考えることないのに。でもそれでこそ山ちゃんだよ。山ちゃんにオファーしたのは間違いじゃなかったよ。今までありがとうね」

「こちらこそ、本当にありがとうございました」

僕はまた外科医として働くためにゼロからスタートする決意をした。一からではなくゼロから。

医者は免許さえ持っていれば、働き口はあるのだが、正職員として病院に受け入れてもらうのは割とハードルが高い。去年は国の定める外科研修の制度に乗って東国《とうごく》病院に就職したため、簡単に就職できたが、今回は個人で就職先を探さなければならない。しかも外科専攻医となると、一人前になるのに時間がかかるため、病院側も育成するつもりで雇わなければならない。即戦力としては見込めないため、ある程度余裕のある病院でないと受け入れてもらえない。そもそも1つの病院で1年間続けられなかった訳ありの医師を受け入れてくれる病院はそれほど多くないだろう。

めぼしい病院をいくつかピックアップしてみたが、いずれの病院も外科専攻医が何人か在籍していて僕が入り込む余地はなさそうだった。

『山川君、久しぶり。田所です。元気にしてる？　今どうしてるの？』

どうしたものかと悩んでいた僕の元に田所先生からメールが届いた。渡りに船だった。

『田所先生、ご無沙汰しております。実家でゆったり過ごしています。今外科医として再スタートするために就職活動中です』

そう返事をするとしばらくして電話が鳴った。もちろん田所先生から。

「もしもし、山川です。お久しぶりです」

「元気そうで良かったよ。決心がついたんだね。次の病院は決まりそう？」

田所先生は、あたかも僕が外科医にもう一度挑戦することを知っていたかのようにそう言った。

「お陰様でようやく決心がつきました。病院はこれから探すところです」

「望病院って知ってる？」

「はい、僕の実家の近くにある病院です」

「もし良かったら一度そこの外科部長と話してみないか？」

「え、よろしいんでしょうか？」

「うん、実はおれ来年から望病院に異動することになったんだ。この前面接があって山川君のことをちらっと話したら、一緒に来たらどうだ？と言われたんだよ」

「本当ですか。実は就職先がなかなか見つかりそうになくて。一度連絡を取ってみます」

「うん、部長はとってもいい人だよ。また一緒に働けることを楽しみにしているよ」

僕を受け入れてくれそうな病院がある。しかもまた田所先生と一緒に働けるかもしれない。こんなラッキーなことがあっていいんだろうか。


望病院は実家から車で10分ほどのところにある中規模の病院である。僕が初期研修でお世話になった石山病院と同程度か少し大きいくらいの規模である。知らなかったが、望病院は東国病院の系列の1つだそうだ。

「田所君から話は聞いているよ。また外科をやりたいんだよね？」

望病院の外科部長は大柄で威厳があった。

「はい、また一から頑張ろうと思っています」

「ここは東国病院ほど規模は大きくないけど、それなりに手術件数も多いし、外科医も10人前後いる。決して甘い環境ではないよ」

「はい」

中で働いている人はみんなプライドを持ってやっている。病院の規模やブランドは関係ない。石山病院の外科でも厳しい環境を見てきたし、覚悟はしている。でもいざ言葉にされると身が引き締まる。

「覚悟はできています。ぜひ働かせてください」

「よし、分かった。君はとにかく自分のベストを尽くす、それだけを考えればいい。よろしくな」

「ありがとうございます。よろしくお願いします」

こうしてトントン拍子に次の就職先が決まった。

就職も決まり、教科書を整理していると、外科ノートが出てきた。

「山川君は、普段から日記をつける習慣ある？」

東国病院の西田先生から訊かれた言葉だ。このノートは初めて東国病院で手術を見学したあの日以来、僕が毎日欠かさず書いてきたものだ。

その日に学んだことがまとめられているのだが、びっしり書かれているページもあれば1行しか書かれていないページもある。疲れ果てていたのか、とても読めない字もあった。それでも毎日途切れることなく続いていた。

見返していると、あるページに目が止まった。

6月16日。
初執刀☆腹腔鏡下胆嚢摘出術
・タイムアウトはみんなに聞こえる声で
・自分が何をしたいのか意思表示をする
・執刀医は助手に指示を出さないといけない
・分からなくなったら一度全体を見渡す
・両手を使う
・左手で展開する、右手は切るだけ
・途中で交代した

初執刀はほろ苦い思い出として残っている。おそらくこの手術中に技術的なことや知識を山ほど助手の先生から詰め込まれたと思うが、完全に頭がパンクして整理できなかったのだろう。気付いたことをただ羅列しているだけだった。こんなノートはあんまり意味がない。と思ったらそうでもなかった。
あの時、僕はとても悔しくて夜も眠れなかった。そして次は絶対にうまくやってやる、と強く思った。このページを見た時に、あの日の情景が蘇った。夜医局の机で悔しさを押し殺した。その悔しさまでもが蘇ってくる。悔しい。

知識をまとめる外科ノートとしては拙い。でも、初心を思い出すには十分すぎるページ。

僕はあの時、本当に一生懸命だったんだ。

手術が上手になりたい、外科医として頑張っていきたい。その一心で懸命に毎日を過ごし、そして毎日ノートをつけてきた。そんな自分が誇らしい。なんでこんな一生懸命な奴が辞めなきゃならないんだ、とさえ思う。

「手術が好きなだけで外科医になってはいけない」

東国病院を辞める時にそう思った。

だけど、今はそうは思わない。

「手術が好き」という理由だけで外科医を続けていけばいいんだ。むしろその気持ちを絶対に忘れてはいけない。僕の人生の中で、これ以上に情熱を持って夢中で取り組めるものが今後出てくる保証はないのだから。

この作品は２０２０年７月、小社より刊行された。

著者紹介

月村易人（つきむら やすと）

1991年生まれ。消化器外科医。趣味はプロ野球観戦だが、今は手術の修練や日々の予習・復習に追われており、久しく球場に足を運べていない。ほとんどの時間を仕事に捧げているが決してデキる外科医というわけではない。そんな不甲斐ない自分をいつも励ましてくれるのがもう一つの趣味である小説である。小説の中で頑張っている主人公に出会うと「僕ももう一度頑張ってみたい、頑張れる気がする」と思えてくる。僕もそんな魅力的な主人公を描いて、医師として人の命を、小説家として人の心を支える存在になりたい。

孤独《こどく》な子《こ》ドクター

2021年11月5日　第1刷発行

著　者　　月村易人
発行人　　久保田貴幸

発行元　　株式会社 幻冬舎メディアコンサルティング
〒151-0051　東京都渋谷区千駄ヶ谷4-9-7
電話　03-5411-6440（編集）

発売元　　株式会社 幻冬舎
〒151-0051　東京都渋谷区千駄ヶ谷4-9-7
電話　03-5411-6222（営業）

印刷・製本　シナジーコミュニケーションズ株式会社
装　丁　　株式会社 幻冬舎デザインプロ

検印廃止

Printed in Japan
ISBN 978-4-344-93505-1 C0093
幻冬舎メディアコンサルティングHP
http://www.gentosha-mc.com/